U0114415

博客思出版社

覓光

丁煜晏 著

目錄

第一章

回憶

消毒水的味道，沉悶的氣氛，充滿整個醫院。一個個來往的人都有著不同的心情，3樓的婦產科有著因新生命的誕生為人父母而喜悅的人，5樓兒科有著孩子生病而操心發愁的人，7樓腫瘤科有著確診癌症而崩潰痛苦的人。在13樓的臨床心理科，有一位抑鬱症患者，14歲的許若一，靠在牆角不起眼的角落裡，麻木地看著因孩子抑鬱而生氣的母親，罵他不爭氣而默默哭得孩子。

「真煩，為什麼這樣。」她只能在心裡默默地想著，不可能上去教育一頓那個母親，她又算什麼。

「015號，許若一，請到603診室就診。」

大螢幕上的女聲打斷了許若一的思維，趕緊提上包小跑去診室。果不其然，走廊裡都是人，還沒有找到她，好吧，又要等一會了。專家號就是難搶還人多啊。

「許若一，許若一在嗎？」實習小大夫大聲詢問：「來了來了。」許若一急忙上前。「小許來了啊，坐吧。」「主任您好。」許若一把卡遞給張主任，並坐下把外套脫掉。「這一陣子感覺怎麼樣？」

「情緒低落，睡眠不好，容易早醒，做噩夢，什麼都不想做感覺很累。」

「持續多久了？喹硫平有按時吃嗎？」

喹硫平可是她的老朋友了，陪了她將近快兩年，每次睡

不著吃它就行了，她不能離開它，不吃睡不著。「有的，持續一周了。」

「那給你加藥吧，這個藥早上吃，一片半，主要心態的調整好，心理諮詢的醫生還是陳醫生是嗎？」主任默默敲著鍵盤，一個個字跳出來看白色的螢幕上格外刺眼。「調整好心態，我怎麼調整，調整得好還能來嗎？這些話耳朵都聽的有繭子了。」許若一心裡默默誹謗著，但面子上沒漏出來，又有口罩的遮掩，心口不一可是她的特長。

「是的，一直是陳醫生做諮詢。」「好的，去拿藥吧。真佩服你，跟個小大人一樣，每次都是自己來複診。」「好的，醫生再見。」許若一心裡苦笑著，又有誰會來陪我複診呢。許若一拿完藥打車回家，看著窗戶外面的風景入了神。這樣的生活持續多久了呢，起碼有三年了吧。

第一年，許若一 12 歲。

燒水壺的急促提示音，新聞聯播女主持人一成不變的播報聲，父親的咳痰聲，這樣的聲音聽了有多久了？起碼六年吧。

「走吧，我們去醫院。」許江歎了聲氣，說道。

因為許若一心悸胸悶的毛病犯了，許若一又一再要求要去心理科，所以今天打算去醫院。許江是許若一的父親，是個古板且嚴肅的人，但對於女兒他是有求必應的。許若一沒

有說話，默默跟著許江走了。醫院中紛紛擾擾的人，什麼年齡段的都有，許若一感到莫名害怕，但也沒有說什麼。「許若一在嗎？」「哦，來了來了。」許江拉起女兒走進診室。醫生問了幾句話，許若一說了半天，不知道為什麼，她總是緊張。

許江進來，醫生給他說：「直接住院吧，去辦手續。」

煩人且繁瑣的手續辦完後，許江帶許若一吃完飯後又急忙趕到醫院。

夕陽射在陽臺上，窗臺，許若一的臉上，一片片的影子有落在地下猶如魚的鱗片。許若一沒有想那麼多，內心無比複雜，但是內心有個聲音不停在給她說：「你有救了。」

至於真的「有救」了嗎？以後才知道。

她依靠在病床上出神地望著窗外，窗戶只能開一半，是防止病人自殺用的。

她紮著習慣的馬尾，穿著平常穿的衣服，聽著父親打電話熟悉的聲音，好像什麼都沒有變，卻感覺又有一些變了。

潔白的床單，難聞的消毒水，還有著時不時的哭聲，發苦的藥片，是許若一對醫院的第一感受。

治療第一天，許若一無比好奇，且膽怯。

第一個治療專案是生物回饋，治療師用她的職業腔調告訴她：「盯著螢幕認真看上面的動畫。」

許若一定不會忘記，因為這是她意義上的，第一次心理物理治療。

動畫是一個熊貓不停澆水，一個幼苗逐漸長成樹苗，最後結下果實。背景音樂是菊次郎的夏天，她喜歡純音樂，所以能聽出來動畫的每一個背景音樂。

隨後是經顱磁，做完只感到頭的一處和太陽穴很痛。機器很少，所以排隊的人很多，許若一總是最後再做。

還有一個治療，但許若一不是好奇寶寶。她在日記裡沒有寫到，因為她那時候頭腦不是很清醒，記憶力很差。只依稀的是一個電療，一個貼紙貼在脖子後面，然後把按鍵按上去，就能感覺到電流在一點一點地在打。有一次許若一以為時間到了就自己拔了下來，旁邊的人都看著她。

許若一很討厭別人看著她，她希望別人忽視她，也討厭與人交流。只想待在自己的舒適圈，雖然知道這不對，但她改不了。

沉悶無聊的十幾天過去了，治療、回家、吃藥、成了她這幾天一直做的事。在她庸碌的人生有了一個不一樣的第一次，「因為抑鬱症第一次住院」。

不過，有一件事情打破了沉悶的十幾天，並影響了許若一之後的情緒。

許若一生在新社會時期，是一個舊思想和新思想所碰撞

的時代。每個孩子都有手機，當然，許若一也有。孩子們在聊天軟體上添加同學、網友、聊天、玩遊戲。班級就像一個小型的社會圈，交流的內容不只是學習，也有流行的電視劇，遊戲。

而若一的小社會圈，流行著一個遊戲，「匿名說」。當然，為了跟上步伐，許若一也開始玩了。

點開遊戲，隨機的選了人發送了訊息，那是她的同學，算是她的好朋友吧。

「你又是哪個人？怎麼這麼討厭啊。」螢幕上亮出這一串字，沒想到對方這麼快就會了，她皺了下眉，她說話讓許若一很不舒服，但還是忍了下來。

「你猜。」她故作俏皮，發了過去。「不想猜。」

「你要是許若一就滾好嗎？」許若一看到兩條訊息，震驚且難受，從來沒有人說過這樣的話給她。

許若一的手指不住地顫抖，像是一個重物打到了她的身體，但卻感覺不到疼，只有滿滿的無力感和難過交纏在一起。

「什麼意思？」不知道說什麼，只好這樣問。「什麼意思？「像你這種 xjn 還玩個屁。」許若一看完訊息心中無比難過，那是一種說不出來的感覺，她從來沒有想過，原來語言的傷害能那麼大，儘管是無聲的。

因為要去拿藥，所以許若一得坐計程車到醫院，她靠在

計程車上想：「我是什麼人？她的字母是什麼意思？我做了什麼事情嗎？」許若一有許多疑問，但是她認為，沒有問的必要了。

「好吧，既然都討厭我，那就算了。」就如同她發的訊息，一切都算了吧。「今天第十四天了吧，可以出院了。」慈眉善目的王主任笑著說。

「好的好的，謝謝醫生啊。」

領完藥，辦完出院手續以後許若一爸爸領許若一出來，她坐在私家車上望著窗外：「我真的好了嗎？為什麼我依舊感到難過？這是我的錯嗎？」心中大大小小的疑問塞滿了她的整個腦子，她太小了，不知道怎麼辦，該說嗎？還是和以前一樣選擇沉默？

先聽醫生的，先複查吧，看看能不能解決。

出院的一週後，許若一去複查，她在網上看到，有些抑鬱症患者休學後沒有不適應，然後越來越好。她天真的以為，只要休學，她就能康復。

許若一把自己的想法告訴了醫生，她迫切地想要休學，這樣，她就能好。

「孩子，你不上學不行啊。」

聽到這句話，許若一充滿疑問，也有些憤怒。「為什麼叫不上學？我沒有不上學啊，只是休學。」她想發問，可習

慣性的沉默也習慣地讓她閉了嘴。

「同學罵我。」這四個字她最終沒有說出來，她怕，怕被問你為什麼不罵回去，怕被問罵了你什麼？更怕被問到，被罵你就不活了嗎？就要去死嗎？

王主任認為許若一是厭學，於是為她介紹了心理醫生陳醫生，她去做了心理輔導。

許若一心中的死結終於解開了一些，於是她第二次複查，把這件事情告訴了王主任。

隨後，吃藥，心理輔導，去醫院成了她的日常，不能上學的日子，她喜歡烘焙，經常做曲奇和蛋糕，日子總算平淡了一些。

而她堅持休學的心，在陳醫生的心理輔導下，和父母的談心裡，一點一點化為灰燼，決定去上課。

可好景不長，因為藥物的副作用，許若一慢慢變胖了。消瘦的臉逐漸變圓，有了雙下巴。家人問她：「你怎麼這麼胖了？」許若一也不清楚自己怎麼會成這樣，到底是因為甜膩的食物還是因為精神類藥物的原因。

她開始恐慌，她已經有了身材焦慮，在這個以瘦為美的時代，她害怕，走在路上路人會對她指指點點，嘲笑，譏諷會一直跟著她。

事實亦是如此。

在班級裡，一個男同學看到了許若一，指著她用嘲諷的語氣說：「許若一，一個假期過後你怎麼越來越胖了，你媽給你餵了什麼餵成這樣，我的天哪哈哈哈哈哈。」

許若一聽到他這樣說，想反駁。但是，應該要怎麼說？「我是因為藥物的緣故才這樣，我生病了，我得了抑鬱症。」要這樣說嗎？他們會理解嗎？我該怎麼辦？他們會理解這個病嗎？許若一心裡無比掙扎。

雖然抑鬱症就是疾病，是要治療的。可人們對這個病還是多多少少帶有刻板印象和偏見，有的認為生病是身體上的。其實許若一也很難告訴別人她得了什麼病，害怕別人不理解她，甚至會說到無意中傷她的話。

「一個人有病，而沒有人說出來，有一個人說了出來那個人被當成了瘋子。反而我有病，身邊的人們都說我沒病，而醫生說我有病，那這是怎麼回事？我和醫生是瘋子嗎？還是身邊人是瘋子？」她在日記這樣寫。

青春期的孩子心思多，更何況像許若一這樣的呢，她注重自己的外貌，可沒有合適的途徑去減重，再加上她愛犯懶，想不運動就瘦下來，她上網購買減肥茶，她知道這樣可能會對她的身體造成影響。但她能怎麼辦，身邊人都說她胖。她開始多疑，把身邊人對她的說的話當成對她的批判。

身邊人都覺得她太過神經質了，其實許若一也很討厭這

樣的自己。很遺憾，減肥茶沒有起到減重的效果，反而反彈了。再加上是小升初，學習壓力大，任務繁重。許若一過於焦慮抑鬱，病情再一次加重。

王主任建議她住院治療，被許若一的媽媽推拒了，她一直認為許若一沒有病，是她自己想太多。沒有辦法，只能上午上課，下午去做治療。可許一若依舊覺得沒有效果，她現在自己都好討厭這樣不能改變的現狀。

她很累，她什麼都不是。

暑假到來了，不知怎麼回事，也許是夏天炎熱的緣故，許若一的胃口一下子小了，一點點瘦了下來，一斤，三斤，五斤 . 她很高興，只要能瘦來就好。她的情緒逐漸平穩，不高興也不難過，日子還算一般。

可該死的生活總是能給你重擊一拳，然後留你一個人在這裡收拾爛攤子。

「叮咚～」一陣悅耳的鈴聲響起，若一的手機響了。

點開手機一看，是聊天軟體的好友邀請。許若一以為是同學，所以就發了訊息過去。

「請問你是？」

「在做什麼？」

「交，可以吧！」

兩條訊息在螢幕上，黑色字體顯得無比刺眼。

許若一覺得，這肯定不是好話，但是她有禮貌的回了訊息，說不定是搞錯了呢。

「我不做這種事，請你找別人。」許若一希望這件事就這樣了，其實她也開始恐慌了。

「你今年多大？」對方問道。

對方發了一張圖片，是若一的頭像，也是她的自拍，許若一無比熟悉自信的自拍可是現在她看到卻無比的刺眼。

「你做過對吧。」

「不然咋知道那種事情，呵呵。」

許若一徹底亂了心智，她能夠清楚的感覺到自己心跳是多麼混亂。眼淚如同斷了線的珠子，一顆顆掉在地上，發出聲響，最終回歸寂靜。

「我該怎麼辦？他是什麼人？我該怎麼做？該告訴爸爸嗎？他會罵我嗎？」

無數個疑問在許若一的腦子炸開來，她只能極力控制住自己瘋狂顫抖的雙手，然後把那個人舉報拉黑。

隨後關機，把手機扔到一邊，許若一躺在床上用被子把自己蓋住，極力控制住自己哭的聲音。

眼淚滑過眼角，然後掉入另一隻眼，從另一隻眼的眼角

滑向床單。

許若一實在太痛苦了，這種事她不知道怎麼給父母說，她怕父母問她為什麼要理那個人，為什麼要回答，她更害怕他們收了她的手機，不允許她再用聊天軟體和朋友聊天。

當時的許若一太懦弱了，如果是現在的許若一她會大罵一頓那個禽獸，然後舉報他。

但以前的她並不是現在的她。

「這難道是我的錯嗎？是因為我的臉嗎？為什麼我的父母從來沒有告訴過我這種事該怎麼辦。」她在日記裡寫下這些話，字裡行間，都有著她的害怕，難受，羞恥，恐懼。

性好像在社會，在人的理解中，是不能說，是羞恥的。人們還多多少少的帶有偏見。

許若一小時候用天真孩子的語氣曾問過母親：「媽媽，我從肚子裡出來，那我是怎麼進去的？」母親吱吱唔唔地說：「等你長大了就明白了。」

許若一長大了才明白，在性教育這方面，她的父母永遠缺席了，就連青春期發育都是學校和她的親戚告訴她的。

沒有人告訴過她受到網上的人騷擾該怎麼辦，沒有人告訴過她受到侵害不是她的錯，而是那些人的錯，沒有人告訴過她懂「性」並不是放蕩羞恥的，而是正常的表現。

長大真難，做女孩好難。前者難，後者更難。

成年男子性侵犯，誘姦少女，利用網路猥褻幼女……這樣的案件頻頻在發生，但是好像在社會中總有一些偏見給受害的女孩，有些人總是用「她太騷了。」「她自願的。」「她心機重，男的被騙了。」這樣的話語去為犯人開脫。

　　一個女孩知道了怎麼去模仿女人，不代表她真的準備好做女人，你才是成年人要是小孩只是在嘗試，說什麼挑逗的話，你得無視掉，而不是繼續煽風點火。《水果硬糖》一個成年人做不到該盡的職責和義務，還能被一個小女孩子哄得團團轉，那還不如去死。

　　七月，和以往的夏天一樣悶熱，無聊。不過變了的是許若一沒有了令人苦惱的暑假作業，她即將升初中，對她來說是個新開始，但至於愉不愉快，以後才能知道。

　　和以往的假期一樣，她過著無趣的生活。但在七月中旬的時候，她的朋友喬雅安來了。和她住在一起，他們一起去逛街，去公園划船餵魚，去咖啡廳吃蛋糕喝飲料。為呆板乏味的生活增添了不少樂趣，倒也過得安穩平靜。

　　許若一半躺在床上，出神地望著窗戶外面的晚霞，晚霞的顏色猶如打翻了的橘子味汽水。她聽著人間煙火氣的聲音，她覺得此刻無比輕鬆。

　　八月，許若一和喬雅安即將升入初中。她們在一所學校，無比渴望能在一個班，她們去佛寺祈福，可最終她們還是沒

在一個班。許若一在一班，喬雅安在六班。她們將要軍訓，雖然是千般萬般的不願意，但還是在學校老師和家長的淫威下順從了。

　　軍訓第一天，烈日當空，魔鬼的訓練，嚴厲且幽默的教官，是許若一的第一次軍訓的印象。至於喬雅安對於軍訓是什麼印象，那就不得而知，估計是和許若一一樣吧。對於一些事物和人，她們的見解都很一致。

　　許若一給初中的新同學的印象依舊和她原來一樣，孤僻，內向，不愛說話。當然，這次軍訓她也沒有主動搭話，別人和她說話她就回應，沒人和她說話她就自己一個人。對於交朋友，許若一一直是很佛系的態度，她不主動，能相處得來就相處，不能相處就算了。

　　「嘿，你知道我們班最矯情的女生是誰嗎？」一個如百靈鳥的聲音響起，打斷了許若一的思維。她轉過頭去看，是個長相甜美的女生。許若一記得她，她時不時和自己搭話，她好像叫徐瑤。

　　「啊！」許若一慌了，不知道怎麼答。

　　「就是她。」許若一的眼神隨著徐瑤的手指望去，看到了她說的全班最矯情的女生。那是一個比她大兩歲的女孩子，身材胖胖的，她叫李嘉若，也時不時和她搭話。

　　「她真的好矯情啊，一會兒就受不住了就要休息。」如

百靈鳥的聲音響起，但在許若一的耳朵裡，卻覺得無比刺耳。

「我覺得沒有吧，每個人承受能力不一樣。」許若一害怕了，但還是應她的話答了下來。「難道這就是網上說的「排擠」嗎？」許若一心裡默默想著，這時突然心臟疼了起來。

許若一心悸的老毛病又犯了，因為這個該死的毛病，她住過院，做過全身檢查，可都沒有問題，連第一次去心理科都是這個問題。

徐瑤和許若一和她聊不來，於是拉旁邊的女生聊了起來。許若一默默聽著，她用餘光瞄了瞄李嘉若，心情無比複雜。

躺在床上，許若一睡不著，就想著今天的事。許若一本就是一個神經質，愛多想的人。

「為什麼她們要排擠李嘉若？我該去幫她嗎？我該怎麼做？我會被排擠嗎？無數個疑問在她腦子裡打轉，心情無比複雜。

許若一哭了，她崩潰了。嬌生慣養的她哪受得了這樣的委屈和苦，「魔鬼」軍訓下身體的不適，心悸的毛病，頭暈，噁心。聽到徐瑤的話語害怕，身體的不適不敢告訴老師，她怕她成為「全班最矯情的女生」而被排擠。

因為室友都在，她不敢大聲哭，只能用被子蓋住自己，小聲地哭，哭著哭著，逐漸睡著了。床上只有她深深淺淺的淚痕和被揉皺的餐巾紙。

第三天，她最終堅持不住了。許江接她回了家，身體的不適最終超過了內心的煎熬。去醫院檢查，醫生告訴她，她的體質不適合這麼大的激烈運動，為她開了假條。

可許江希望許若一能夠在回去堅持一下，可許若一真的不願意回去了，她害怕。

許江和許若一鬧矛盾了。許江希望他的女兒能夠堅持下去，哪怕是坐在那裡也好。但許若一很難受，為什麼她愛的爸爸不理解她還要讓她回去和她發脾氣，她在短信上打出激烈的文字：「你為什麼。不理解我？你知道多累嗎？」「那裡沒有水喝，飯不好吃有些都壞了！」「我有抑鬱症你不知道嗎？為什麼要說那樣的話？」

許若一哭紅了眼睛，把揉皺的紙團扔到一邊，蒙在被子裡不想再去面對雞毛蒜皮的生活。

良久，她的手機螢幕亮了。來了一條短信：「知道了閨女，不去就不去了。」好吧，他們和解了。

離開學還有兩個星期，許若一在這兩個星期裡承受的心理的煎熬，學著初中的廣播體操新老師佈置的作業她也一一寫完。然後準備開始新的初中生活。

初中開始了。新的作息和沉重的學習壓力讓許若一有些喘不過氣，但還是想辦法應付。她依舊沒有朋友，雖然她老是說對於交朋友很佛系啊，猛虎總獨行，但是她的內心也是

無比希望能再有一個有趣的靈魂與她在一起。

喬雅安雖然和她是非常好的朋友，但是不在一個班，也不能說上幾句話。之前說過了，班級是一個小社會圈，在許若一在這個社會圈裡沒有朋友，獨來獨往的，也會被圈裡的人所忽視和排擠的。

初中的新課程對於她來說還是有點難的，最讓她頭疼的莫過於數學。數學老師有些知識點總是一筆帶過或者不講究讓他們做題，每次看到同學們信心滿滿地做完題。她都無比不解，她感覺這些問題都好難啊，他們是怎麼做出來的，老師也不怎麼講。

因為八點起床，半夜一兩點睡覺這討厭的作息。使許若一的黑眼圈加重了好多。有一次年級大會還差點靠在男同學身上睡著了。

許若一不喜歡這個學校，是打從心底的討厭。她討厭她喜歡的髮型不能紮，她討厭八點半就要到學校，另一個中學都是九點半才到校，她討厭教室裡沒有垃圾桶，她討厭有的同學有意無意地看不起她，或者冷落忽視她，她討厭學校老師吹噓自己多麼好，別的學校多麼多麼差。「越爛的學校規矩越多。」這句話不一定就是錯的，但也有可能就是我自己不適應。我好討厭這樣的自己，討厭自己的孤僻，討厭自己的內向。」她在日記這樣寫下。既然提到了日記，那就說一

下。許若一因為學校的事情太忙，日記都快變成週記了。只能記一下她記憶中深刻的事情，零零碎碎的事情總被她忽略，不過也不要緊。

記得運動會時，班裡女生要表演節目，班長又把所有女生分成小隊，設組長。許若一的組長讓許若一單獨跳一遍，她覺得很奇怪，但也照做了。組長說：「好，現在除了許若一，其他都過了。」許若一覺得無比噁心，也難受。為什麼要去排擠她？她幹了什麼？她委屈地給喬雅安說了，但喬雅安畢竟也年幼，也只能給她一些安慰。

音樂課的時候，班長把座位上的灰抹在她的褲子上，雖然灰很少，但許若一感覺她的褲子髒了，她渾身都髒了。同桌也老是說些亂七八糟的話貶低羞辱她。好幾次當著全班同學的面罵她。還有同學往她背上放蟲子，她當時並不知情，最後一個女同學看不過眼幫她拿下了蟲子。

她每次抱著息事寧人的態度，可一次次都被傷害。告訴老師家長？老師也沒有在意，她的家長也沒有去為她解決這些事情。究竟該怎麼做？什麼是對？什麼是錯？

這些事，好像都是小事，可在當時的許若一身上，卻是一件件讓她隨時崩潰的事。她的那個弦繃太緊了，一不小心就會斷。可能會有些人覺得許若一懦弱矯情。但許若一，沒有辦法，她真的很難很痛苦。

這時候，許若一的父母，又開始冷戰了，連她媽媽都和許若一生氣了。她不知道原因，但知道，這個時間一定會很長很長。從她 10 歲開始，她的父母就開始冷戰了，一直到現在。10 歲的許若一會用一些幼稚的方法讓父母說上話，那時候的她覺得，只要父母說了話他們就不會冷戰吵架啦。但隨著她逐漸長大，這種幼稚的行為也漸漸不存在。她好像麻木了，但又不太算。她討厭媽媽和別人傾訴完哭得不行，她討厭爸爸喝多了大罵媽媽的不好。

　　許若一病了，不只是心裡，她也感冒發燒了。她覺得這是一個突破口，她要逃出那裡，逃出學校，逃出這個令人不適的環境！她好像也得了疑病症，她老覺得自己的感冒發燒是嚴重的傳染病，是癌症，絕症。她甚至發訊息給喬雅安告訴她，如果我真有什麼事，你要趕緊去醫院。要喬雅安再三保證，她懸著的心才那麼放下一些。

　　許若一在醫院治療完，父親的司機來接她，她坐在車裡看著窗邊繁華的燈紅酒綠。想了想，覺得這是一個好機會，覺得向父親坦白會好。

　　「我不想再去學校了，我和同學們不合！她們擠兌我，他們早戀談戀愛讓我好不舒服！」「現在談的能有結果嗎？你管這些幹嘛你學習就好了。」她的爸爸總能注意到不一樣的點，讓她有時候很煩惱。

「我想去看心理醫生，算我求你了帶我去吧。」她懇求著父親。她去了心理醫生那裡，是在人民醫院，原來陳醫生是在人民醫院工作，而在許若一第一次治病的醫院是暫時的。

「怎麼了許若一？」陳醫生問她。

她看著陳醫生，想說的話哽在喉嚨，不知道該怎麼說，也不知從何說起。眼淚一直流，一顆顆掉到沙發，最後形成了一小片的水漬。

這次諮詢結果以失敗而告終。

許若一撐過了第一次月考，因為感冒還沒有完全好，班主任讓她在家休息先別上課。她吊完水回家，請求能再看一次心理醫生。許若一這次和心理醫生說了好多好多，心理醫生建議她趕緊住院治療。這次的心理諮詢，不太清楚，是成功還是失敗。

父親這次帶她去了門診，掛了一個小醫生的號。醫生問她很多問題，她都答上了。醫生說：「心理測試不用做了，直接住院吧。明天和張主任聯繫一下。」她道謝後邊離開了。這次母親很不理解她，和她互相發了很多訊息，無不一都是為了這些事情爭吵。「你恨我也好怎麼樣也罷，你住院我是不會去陪你的。」她母親丟下這樣一句話。

許若一對她失望了。

依舊是那些一成不變的治療，經顱磁，催眠治療，生物

回饋.還有一系列讓許若一反感的全身檢查。

　　許若一不肯接受藥物治療，因為藥物的副作用在之前讓她發胖，她一直抗拒吃藥，她生怕她還會發胖，增重得像以前一樣，雖然她已經瘦下來了，可她始終不願意再吃。最後在醫生的再三保證下，她才接受了藥物治療。

　　臨床心理科的患者老少都有，有二十幾歲的年輕人，有十幾歲的學生，也有六七十歲的老人。看來，這個並不是多大年齡的專屬。是所有群體都有可能得到。

　　病房是三人間，許若一旁邊是兩個姐姐，好像在讀高中。這是從她姥姥嘴裡聽說的，她姥姥和誰都能說得上話，而她卻不是，她也有些希望和姥姥一樣能和別人說的上話。

　　許若一住院期間還是容易受一些雞毛蒜皮的小事的影響，她的家人，好像都沒有去真正在意過這個病，覺得她是不想上課。讓她反感，所以每隔一天就要接受心理治療。

　　許若一第二次的住院生活依舊很平淡無味，但是心悸的毛病是越來越厲害了。

　　一天晚上她在洗漱，突然一下子心臟痛得不行。她原以為是平常，痛一陣就好了。誰能料想到是越來越厲害，許若一扶著洗手池，想要先靠著緩一會，但沒有變好的表現，反而越來越嚴重。她的視野逐漸模糊，四肢越來越無力，「噹啷！！」一聲重物砸在地上的聲音，許若一暈倒了。她躺在

地上，她能感覺到家裡人在喊她，但她沒力氣，根本起不來，想要說話也說不了。最後在家人的攙扶下，她才回到床上休息。

半個月過得無比快，許若一該出院了。但她依舊覺得沒有好，可沒有辦法，她不能不出院。

許若一沒有上學，而是待在了家裡，她沒辦法上學。她也學習不進去，過著如廢物一般的生活，直到現在，她依舊不能去和那樣的生活和解。她想休學，想脫離那個環境。

許若一的父母總是認為她不想上學了，總是問她：「你是不是不想上學了？」

她實在不知道怎麼回答，每次告訴了他們的真實想法，他們卻在下一次再去問她，她再回答，無限循環，好沒意思。

她父母為她找了一位家教，她就一點點把撿起來的課補了下來，可她控制不住自己的情緒。在數學題一直搞不懂滿篇的叉時，她總是哭。她覺得自己好沒用，連哭都控制不住。

在她生日前兩天的晚上，她父親砸開她房間的門衝她大發脾氣。她父親又喝多了，跑到她房間衝她撒氣。許若一在廚房拿起了一把刀子，這是她做飯經常用的刀子，但這次，用途就不一樣了。她眼眶含著淚，嘴上掛著微笑衝了出去。

是時候結束這一切了，她該走了。

她父親攔下了她，他的手攥著許若一的手腕，為了不傷

到人，她把刀子扔了出去。父親發了狂地問她：「你想把你爸殺了嗎？啊？」許若一沒有那個心，她只是想自殺。可喝多酒的人太胡攪蠻纏，講不通。她在日記中寫道：「世界上最悲哀的事，就是為人父母不用經過考試。」顫抖的字裡行間，透露著她的失望。

第二天父親和她發了訊息道歉，可是她的心，好像再也不是從前了。

去複查，許若一想要辦休學，她告訴了王主任，但父親一直沒有答應。去找心理醫生，和她聊了許久，她答應下來，並且告訴許若一，這條路是她選擇的，要堅持走下去，她答應了。

可父親的嘴就像一塊撬不動的鐵一樣，一直不答應。他問若一：「我給你換個學校行不？」她還是不太願意，她怕，還是怕會遇到那些人，她現在的心理也應付不了學校，和沉重的學習壓力。她感覺很累，但說不上來。

新的一年開始了，許若一13歲。

她本以為新的一年會慢慢好起來，卻沒有想到這是一個無情的深淵。

她的父母又一如既往地開始吵架，冷戰。說沒有影響到她是不可能的，身邊的人都告訴她不要去管，別去理他們。可是她做不到，她真的沒有辦法當成什麼事情都沒有發生，

她無法忽略聽到他們不停說著對方壞話的聲音。

　　新年，本是一個闔家團圓，幸福快樂，鞭炮齊鳴響，是一個幸福快樂的節日，可許若一絲毫不覺得開心，她的父母冷戰。母親因為這個原因，所以沒有來奶奶家過年，父親雖然沒有說什麼，但她覺得他心裡肯定是很生氣的。

　　許若一坐在奶奶家的沙發上，心裡止不住的難過，她真的好想哭一頓宣洩，但她不能。只能咬著牙堅持著，可往往總是事與願違。心裡的那一點殘存的理智終究抵不過生理的衝動，許若一哭了，而且收不住。還好大家都沒有注意到她，都在為各自的事情忙碌，許若一趕緊摀住臉想辦法緩過來。

　　她覺得過年越來越沒有年味了，是她長大了的緣故嗎。記得以前過年的時候，她穿上長輩給買的新衣服，她最喜歡的就是新裙子了。然後高高興興的去和親戚拜年，口袋裡全是糖果花生和紅包。她記得以前在除夕或者大年初一，二的時候，和姐姐妹妹一起在奶奶家留宿。她們可以悄悄熬夜捂著被子說著話，奶奶起夜過來看時她們就悄悄裝睡，等走了以後再繼續聊天。以前的鞭炮聲可以響一天或者一整夜，吵得人都睡不著了，就起床一家子看著春晚，一起等到零點守歲。

　　以前放煙火，許若一是無比開心的。她可喜歡看著絢麗的煙火在天空綻放出美麗絢爛的色彩。或者玩著仙女棒，一

根不夠就用兩根，連著一起放，那無比燦爛的火花，許若一永遠都不會忘記。

現在放煙火，美則美矣，和以前的煙火沒什麼兩樣。都是一樣的煙火，可能是心不如從前了吧。許若一以前只用想著吃什麼玩什麼，唯一的苦惱可能就是令人發愁的寒假作業。可現在卻不一樣了，許若一的苦惱實在太多了，不知從何才能說起。所謂越長大越孤單，這句話對於她來說，是正確的。

兩個月過得很平靜，許若一也沒有上學，她還是不能面對學校的人和事。而父親也一直沒有答應休學，日子只能將就著過。

她的姥姥姥爺好像並不理解這個病，也好像不理解她。記得有一次爭吵，許若一不記得原因也不記得結果了，她只記得一些對話。她哭著身體止不住地顫抖著問姥爺：「難道有吃有喝就算生活好嗎？」姥爺問她：「不然還能怎麼樣。」

許若一震了一下，想說的話卻一直發不出聲來，像是被人緊緊掐住脖子讓她難受，窒息。隨後她放棄爭論，垂下手，回到了她陰暗的房間裡。她不愛拉開窗簾打開燈，所以房間光線很暗。她討厭陽光，她覺得太刺眼了，很難受。

在那個五，六十飯都吃不飽的年代，那時候的人覺得，有飯吃能飽就很幸福。所謂的累他們覺得僅僅是身體上的，而不是這種，看不到的累。

到了這個新時代，有了網路手機，有飯吃能飽更是再普通不過的事情。封建思想和新思想碰撞在一塊，老一輩的人們多多少少都會對心理疾病帶有刻板印象，認為這是想太多，矯情甚至是精神病。他們有的會認為，只有身體上出現的疾病才能稱為「病」。而不是心理疾病，心理上有問題的人，他到醫院做 CT，做 B 超是檢查不出來的。只有去心理科才能檢查出來。

現在有的人們依舊對心理疾病帶有刻板印象，不瞭解，希望終有一天所有的人都能對心理疾病患者理解而支持。

四月的第一天，許若一和父親吵架了。

說起來原因也很可笑荒謬，家裡人在一起吃晚飯。不知道怎麼回事，聊著就聊到了許若一軍訓的時候，當時許若一第三天因病回了家。許若一說：「再來一次軍訓我可受不了了。」突然許若一父親不高興起來，莫名其妙罵起許若一來：「怎麼就堅持不了？你不想上課，不回答我們的問題你到底想怎麼樣？你不上學幹什麼去？」也許是因為酒的原因，使許若一的父親脾氣暴躁。許若一覺得好冤，不想上課是因為那些人還有學習的壓力，她怕回去學校沒有心力面對。至於不交流，許若一不敢說，他們總會發脾氣，到時候吵了起來，受傷的還是她自己。至於不上學更是荒謬至極，她知道學歷的重要性，只是因病再留一級，無論怎麼樣她都不會放棄學業。

許若一和父親冷戰了，這個架吵得有些厲害。許若一的心徹底傷了，於是這個溫順乖巧的女兒選擇了冷戰，這是她第一次這樣對父親，也是第一次用父母最常用的冷暴力對待他。

許若一心裡很難受，可父親只用喝多了酒所以才對她發了火。其他人也勸她原諒她爸爸，不要再記仇了。「那畢竟是你爸，能怎麼樣呢。」「行了他就那樣，你還能指望他給你道歉啊。」「你這孩子怎麼還記仇，差不多夠了啊。」許一若好討厭這些話，和那些「看著孩子的面上湊合過吧。」「你年紀到了該結婚生孩子了，不結婚老了怎麼辦啊。」這些話一樣討厭。

許若一抑鬱再次發作，她什麼都想幹，只能躺在床上，心裡難受，但說不出來。可心悸這個討厭的毛病沒有出現，也算一點好處吧。許若一開始接受心理輔導，心裡的陰霾總算散去了些，她也接受了父親，再原諒他一次吧。

王主任為許若一開了休學，計畫九月份重新上課。父親也聯繫學校幫她辦了休學，她很高興，心中的大石頭終於放下了。

可是生活總不放過她，好像每次老天爺看她好了卻總要給她生活重重的一擊。

有一天早上，父親接了一通電話，便急忙穿了衣服趕去。

許若一也被叫醒，睡懵的她不知道發生了什麼就被拉去衛生間讓她洗漱，說她爺爺出事了。她的睏意立馬沒了，趕緊洗臉刷牙紮頭髮，收拾好了她問母親到底怎麼回事。

「若若，你爺爺沒了。」母親帶著哭腔告訴她。

這六個字像是有千斤重，壓得許若一喘不了氣，這是她第一次面對死亡，而且還是至親的人。

「怎麼回事？好好的一個人怎麼突然就沒了？」許若一的心情極其複雜，比酸甜苦辣鹹交織在一起還複雜。她想不通，為什麼睡個覺人就沒了，一點徵兆都沒有。「不知道，我們趕緊過去吧。」母親穿上鞋子讓許若一也快一些。

許若一趕去奶奶家，發現家裡放了很多莫名其妙的東西。爸爸眼睛紅紅的，他抱住若一說：「爸爸沒爸爸了。」她心裡酸酸的，也很悲痛。鞋都沒有換都趕緊跑到臥室，進去一看，她的爺爺就躺在那裡，可是卻怎麼也叫不醒了。

許若一是姥姥姥爺帶大的，和爺爺奶奶的感情不是很深厚，但終究有血緣關係，是她的親人。

她看著爺爺，想碰下他，可她的身體卻動不了了。只是依靠在牆上，小聲地抽泣。

她一直以為死亡離她太遠太遠了，她的家人一直都很健康。可一下子就到了她的面前，讓她措手不及，崩潰。她好恨上週沒有來看爺爺，因為和父親冷戰，所以她賭氣沒有來。

沒想到是最後的訣別。聽奶奶說，爺爺早上起來上了衛生間，拉開了窗簾，打開了窗戶。然後在床上躺了一會，就沒有動靜了。

屍檢報告出來了，突發心梗而死。他們確定，爺爺是因為突發心梗，無法作出求救，隨後猝死。許若一太懂那種感受了，她也心悸暈倒過，能感受到但你就是做不出反應。

看著白事公司的員工來佈置好靈堂，她做不了太多，只能和姐姐去買些祭品。隨後爺爺被裝進棺材帶走，她父親和叔叔去了白事公司那邊。

許若一心裡很苦，她爺爺說過要看到她上大學，還說如果父親有什麼事情讓她傷心了，就告訴他，他來幫若一撐腰。

可現在一切，都化為烏有。

許若一不想接受現實，覺得這是一場噩夢，希望能趕緊醒過來，平常這個時候就該醒了啊，為什麼還不醒。可惜，這不是夢，許若一不得不接受現實，她要學會現實為她上的第一課，就是面對死亡。她試著玻璃渣中找糖吃，用這樣的話催眠自己：「有些老人被疾病折磨得只剩一把骨頭，而爺爺沒有那麼痛苦地走了，其實挺好的。生老病死，人之常情。」可她不是一個合格的催眠師，這樣的話語根本不能緩解痛苦。

這兩天，她一直在奶奶家待著，被香火熏得辣眼睛了就出去待會，好了就回來。然後疊疊黃紙，和姐姐記錄錢的數

目。

第三天，許若一的爺爺出殯了。

他們被麵包車拉到了陵園，去了陵園中心，前面有幾組人，他們就等著。幫忙發點小白花什麼的。

到了他們，許若一和姐姐妹妹進去放好花，隨後坐到位置上，等著人到齊。這是許若一第一次參加葬禮，其實就是一個很普通的大廳，有個大螢幕和主持台，前面就是爺爺的棺材。

葬禮開始，聽主持人說話，看到大螢幕上爺爺的照片，許若一直不住地哭，父親安慰她。可她寧願父親不要安慰她，她知道父親也很難過，但是這個時候，他父親是家裡的長子，長子如父，他要控制好局面。

隨後葬禮結束，家人要對到來的人一個個握手感謝，前面許若一能一個個看到是誰，後面就不知道了，她哭得不行，只能一個個握住說謝謝，她低著頭也沒有看到，不過她也顧不上了。

隨後他們等著爺爺火化，她把買的花給爺爺放在旁邊，一起磕了三個頭，爺爺被推進了火化爐。從此，她再也沒有爺爺了，也不會再見到，不會有所謂的奇蹟。

只盼望，時間能夠治癒一切吧，世間的陰差陽錯從來沒有停歇過，都是平常不過的事情。

許若一很討厭一些做了沒實際應用的事情，就像葬禮，就是做給活人看的。但是她親生遇到這種事情，她會理解，但是不會說出來，也不會把自己的思想強加給別人。

　　「每個人不同，三觀不同，互相尊重理解吧。」這句話，她寫到了日記本的第一頁，也算一個提示吧。

　　爺爺頭七的時候，許若一聽了她小妹的話。爺爺生前最愛吃桃酥，小妹想讓她做一些送過去，她答應了。許若一做桃酥時她心裡有著千言萬語說不盡愧疚與自責，為什麼她不能平常多去看看爺爺，為什麼當初要和父親冷戰不去爺爺家見他們，可是，現在說什麼都已經晚了。之前說了許若一不喜歡葬禮這些形式的東西，當然她也覺得這些沒必要做得太多，事情既然發生了，只能忍下委屈含淚接受這一切，人要活在現實，如果一直執迷不悟受傷害的還是活著的人。

　　她認為，人有兩次的死亡，一次是在身體生理上的死亡，而第二次，就是死去的人被人們在心中忘記，不再記得。許若一覺得，她爺爺並沒有死，他只是身體上的死亡，而爺爺一直在她的心上，她心上的爺爺沒有死，並且，心中的爺爺會活很久，很久。

　　她從來不相信天堂地獄，鬼神之說，但是自從她爺爺走了後，她或多或少的信一些了，因為那是他最親的人，與她天人永隔。

這時候，她父母又吵架了，原因還是許若一爺爺的事。父親認為，母親應該去一下爺爺頭七，其他時候也要去一下。可母親因為沒有假，領導不給批，去不了。兩人因此而吵架，可憐的若一，又被夾在中間。他認為兩人應該互相理解，母親去不了父親應該理解，而父親剛失去親人情緒控制不住應該理解。可若一選擇了沉默，她怕她又被扯進去罵一頓，現在進退兩難。

奶奶給許若一說：「她害怕不敢進那個房間，因為爺爺就在那裡走了。」可許若一從來不害怕，即便她膽小懦弱，怕鬼，但她認為那是她的爺爺，不會傷害自己。

許若一爺爺去世已經過了一段時間，她也該學習了為九月份上課做準備。她父親為了報了一對一輔導班，十點上課，四點下課。生活逐漸規律，只是父母的冷戰還是會影響到她，她也偶爾抑鬱發作。為了不再這樣，她搬去了姥姥家，也許會好點，還有它的寵物年年陪著她。

年年是一隻藍貓，是她第一次確診焦慮症的時候父親給她買的，現在已經快三歲了。因為當時許若一小，照顧它的時候鬧出好多笑話。年年貪吃，最愛吃小魚乾，許若一出門時回來都會給它帶點好吃的，所以很胖，有的時候許若一抱的時間太長手臂還會發麻。年年很愛沖她撒嬌，每次許若一一坐下它就要抱，然後躺在她的腿上舒服地伸懶腰，年年被許若一嬌慣的不吃貓糧，成了家裡的小霸王。那能怎麼辦

呢，許若一護著它倒也沒什麼。至於為什麼叫年年，是很簡單的四個字，每逢過年都會聽到的：年年有魚。

年年有魚，許若一有年年。

這陣的日子倒也過得安穩，只是有時候抑鬱發作，睡一覺起來就好了許多。很快，九月份就到了。許若一也該去上課了，她雖然心裡有些不適應和緊張，但還是聽了醫生的話做了測試。因為她最近生活很平淡沒有刺激到她，所以抑鬱情緒便沒有了。測試結果很好：輕度抑鬱，她可以上學了。因為之前父母一直沒有時間，所以一直都是自己複診，而這次也是，她問好了醫生，辦好了復學證明。為了上學而做準備。她希望自己能重新開始，像個正常人一樣上學，下課。

天漸漸變涼了，許若一怕冷，早早就穿上了毛衣，而有的人還穿的短袖，簡直就是兩個季節。

復學出了問題，許若一是四月份辦的休學。原計劃是今年九月份，而休學是從一年起，所以在明年的四月份她才能上課。許若一的父親想了很多辦法都不行，他問許若一怎麼辦。許若一說：「能上課的話我當然希望上課，如果實在辦不了就算了。」許若一希望這句話她說一遍就好了，不想在一直重複。可是事實總是與她作對。

一天晚上，許若一在鍛煉。許若一從四月份就開始鍛煉，醫生建議她開始運動，斷斷續續一直堅持到了現在。網上的

文章有的說鍛鍊能對抑鬱症好，累了以後躺到床上就睡了。但對許若一沒有什麼作用。

「噹啷！」她嚇了一跳，原來是她父親進來了，一聲的酒氣煙氣，許若一已經聞習慣了。家裡的車總有散不去的煙味。「你到底去不去學校？」父親坐在床邊問她。「我已經說了，能辦好我就去，辦不好就算了。」「你是不是就是不想去學校？」「我沒有，我最後再說一遍，我沒有這樣的想法！」許若一有些生氣了，每次反反覆覆地問這幾句話，他不嫌煩她都嫌煩了。

又是一頓爭論無果，她最煩運動時被打擾了，本來心情就很煩，她又很容易哭。她父親見她這樣，直接走了。

一句安慰也沒有，每次都是這樣的結果。然後第二天許若一去找父親理論，父親的藉口就是喝多了，始終都是這一個理由。她心裡太厭惡酒了，就是每次喝多她父親衝她發完火後抑鬱發作，她父親也一直控制不住，就如同吸毒上了癮。每次許若一勸他戒酒，他總有很多的說辭，不喝酒睡不著，這是他唯一的愛好了為什麼要逼他。

許若一想：既然不喝酒睡不著那為什麼不喝完就去睡覺，非要跑來找她和母親，然後爭論，吵架，冷戰，和好。無限循環，當然許若一的心情也是隨著這個循環來的。而她還沒有成年，她太小了，只能依靠父母，她痛恨這樣的環境而

自己卻做不了改變，她還沒有成年，沒有經濟能力。如果她十八歲，她可以提著行李自己一個人獨居然後工作，可惜沒有如果，許若一現在不能做到，而且也無法改變只能默默承受著。就比如一桌子菜，你覺得不好吃，想掀桌子，可是不行，你要坐下來一直吃。

許若一抑鬱的原因之一就是原生家庭的傷害，幸福的家庭的孩子用童年治癒一生，不幸福的家庭的孩子用一生治癒童年。而許若一就是後者，她認為語言暴力是最恐怖的，身上的受的傷是可以看見，治癒的。而語言暴力就像是一把無聲無影的刀子，然後狠狠地捅在你的身上，傷得體無完膚，遍體鱗傷。當然，傷痕也是看不到的，也許，一生都治癒不了。只有受過傷的人才能知道那有多麼痛，多麼苦。

許若一永遠學習不來家庭幸福的孩子臉上洋溢的自信，她始終自卑，自棄。她問過家庭幸福的孩子，「你們有過覺得自己不好，覺得老不如人家嗎？」那些孩子都是一個答案：「從來沒有。」

她不是別人家的孩子，沒有那麼多才藝，成績沒有那麼優秀。心理醫生告訴她：「你要自信一點。」可她不會，這不像學校的課一樣，教了就會。無論許若一以後是平庸，優秀，或是庸碌無為，自卑會一直跟著她，像影子一樣，不會消失。

周圍的人都說許若一漂亮，但她不覺得，即便別人說得怎麼美，她始終覺得自己不夠完美。

「我其實沒有你們想像得那麼好，我就猶如一個外表鮮亮的水蜜桃，而底子裡已經慢慢開始變質，腐爛。只有我自己知道。」她在日記這樣寫。

又是一天下午，她在房間睡覺，父親又進來問她：「你到底上不上學？」「我是真的希望你去上學，我不想讓你一天天躺在床上。」「你說話啊，幹什麼不回答我。」是的，許若一選擇了沉默，她認為沉默是最好的選擇，她覺得她父親說完就走了，沒想到越說越厲害。

她崩潰了，聲嘶力竭還帶著哭腔對父親喊道：「我都說了好多遍了，你也問了好多次了，你不嫌煩我也嫌煩了。學校不讓上，難道我強行跑過去上嗎？學校同意嗎？現在還有選擇嗎？」

許若一太討厭「不上學」這個詞了，不止心理上的討厭，連生理上也是止不住的厭惡。她明確表示她無比厭惡這個詞，可是她的家裡人還是老用這個詞，讓她覺得無比噁心。

許若一躺在床上，又是一夜無眠，她以前從來沒有想過自己會整宿整宿地睡不著覺，可是如果卻變成了現實。三年多了，一千多個晚上，噩夢，驚醒，整夜失眠，對於許若一，都是家常便飯再正常不多的事。

許若一十幾歲的年齡失眠比成年人還嚴重，晚上睡不著，早上醒不來。或者是早上 5，6 點醒來，然後 2，3 個小時才能睡著。而且她經常做一些奇奇怪怪的夢，然後去網上查周公解夢。也會做一些令人窒息的噩夢，被夢到自己被怪物追，夢到自己被殺了，讓她睡不著，甚至不敢睡覺。

上不了學，許若一就在家裡自學，效果可能不比學校的好，但是也沒有辦法。

她的情緒還是時好時壞，但是也沒有有效果的治療，除了心理諮詢，能讓她有時候好一些，但過了一會情緒就又不好了。藥物也沒有太多作用，只能讓她睡著，可以說，也沒有副作用和其他作用。

抑鬱就如同一隻無影的黑狗，不停地跟著她，只有她能看到感受到。每次發作時，她都只能躺在床上，不是不想做事情，是真的起不來做不到，不好的想法一直圍繞著她，而且無緣無故的感到累，心情煩躁，易怒，噁心，心悸，失眠這些症狀也會陸陸續續地向許若一撲來。她去過醫院，檢查做過，醫生都說她身體一切正常，有的醫生會去建議她去心理科，或者問她有沒有精神疾病。

是的，不只是原始家庭給她帶來的精神傷害會讓抑鬱發作，就連平常好好的，也會發作，有時候心情很好的時候，突然一下子就差了。和朋友們出去玩，有的時候也是人在心

不在，嘴上笑著答應，然後心裡自己默默難過著。

　　也許一些小說會有人把主角從深淵拉出來，然後治癒他的傷，這被稱為救贖。她記得小時候，她看童話書，有白雪公主、灰姑娘、睡美人，很多公主故事，大部分的結局就是公主嫁給了王子，過上了的幸福的生活。許若一小的時候也非常想成為公主，於是經常做出一些幼稚的事情，例如把床單被在身上當公主，或者叫上小夥伴，一起扮演公主王子過家家。但她逐漸長大，慢慢明白了現實不是童話，沒有那麼幸福快樂，不會如她的意。有些事物其實不是她想像得那麼美好，也許會很糟糕。也有一些事物人物會讓她很失望。

　　就例如婚姻，小時候的許若一一直認為每一段婚姻是幸福的，其實並不是這樣的。許若一一直認同周國平老師的一句話：「好的婚姻是人間，壞的人間是地獄，別想到婚姻中尋找天堂。」許若一明白了，長大是一件很苦的事情，但是她不得不學，這是沒有辦法能由著她的性子，想來就來。但是許若一也學習了很多，她不再漸漸對一些事情抱有太多的期待，也明白了不是所有的人與事都是美好的。也知道了不是所有事情都是可以由著她的孩子心性來，合適的不一定是喜歡的，合適的不一定是她喜歡的。有的時候，會因為現實可能會做出一些違背自己意願的事情。許若一會被現實和成長不停地打磨，然後有一天，她會成為一個刀槍不入的大人。

　　成長也許會辜負我們，但願我們都不要辜負自己。公主

不一定會嫁給王子，她會幹她想幹的事情，熱愛的事情。

　　許若一姥爺讓許若一開始學二胡，她從小學四年級就不開始學了，想讓她重新拿起來開始學。有些人從旅行，健身，或者是家人朋友幫助，慢慢健康了起來。但這些辦法對許若一沒什麼用處，而對於二胡，她不能說喜歡，算一般的態度吧，因為是她姥爺開始讓學。

　　許若一從小學一年級的時候姥爺開始教她二胡，從拿弓的姿勢和坐姿開始學又學到哆來咪，又開始拉一些簡單的曲子。但許若一當時還小。不懂不同的調子，不懂滑音，揉弦，換把，家長也對她的二胡有所疏忽，她也逐漸慢慢放下了。

　　但現在許若一畢竟大了，她撿起從頭開始學。重新拉哆來咪發唆，然後認識 D 調，G 調，F 調，許若一她剛開始覺得乏味無趣，當然後面也是，但也漸漸喜歡上了。也開始在網上看教學視頻，看別人怎麼拉曲子，拉的是什麼調。

　　她最喜歡的二胡曲子就是賽馬了，不得不說經典就是經典，許若一可以聽一天也不膩。無論是氣宇軒昂的賽手，還是奔騰嘶鳴的駿馬，都被二胡的旋律表現得惟妙惟肖。她也逐漸慢慢地改變對二胡的一些看法，其實二胡並不是在街頭賣藝的樂器，它是中國的傳統樂器，是國樂。她深愛著它，但是她不希望能走專業路線，因為她害怕，怕自己喜歡的逐漸變成了自己不喜歡的。

不得不說，許若一真的能算得上天賦異稟。別人半年學會的揉弦她一周就會，把點陣圖一看就懂，打音，顫弓，滑音，快弓都不在話下，基本上練幾遍就會。

　　一天晚上，許若一在房間拉著琴，休息的間隙聽到父親隱隱約約的聲音，她小跑過去耳朵靠在門上聽。「她不上學，難道和她媽一樣嗎？」「她成了這樣子天天在家啥也不幹一天天我也很煩。」

　　她打開門，看到家裡人都在客廳在說話。她瞬間感到顏面掃地，她那點可憐算不上的自尊心被人踩在地上，她不知道她做錯了什麼。為什麼她什麼都沒有做，就要被父親這樣說。他喝酒了亂撒氣，難道她就能當什麼都沒有繼續過著嗎。

　　語言和文字的力量就是這麼大，它可以變成永傳的經典巨作，也可以變成最鋒利的武器不停地刺傷別人。許若一控制不住，眼淚在眼眶打轉，隨後從眼睛流下，變成兩條長長的淚痕，清麗的臉上變得越來越狼狽不堪。

　　許若一病了，是身體上不是心理。她和父親爭論完之後就感到渾身很疼。是感冒的前兆，她喝了感冒藥後還是沒有緩解，第二天重感冒，她有點懷疑是情緒激動然後導致的感冒嗎，她一直沒有去外面，連冰的東西都沒有吃。這就很奇怪了。

　　希望時間能治癒一切，她父親為她帶來的精神傷害，希

望能隨著時間慢慢淡化。

　　許若一痊癒後去看了一場電影，只有她一個人。她喜歡做什麼都一個人，一個人逛街，一個人吃飯，一個人看書。她喜歡孤獨的感覺，喜歡到癡狂的程度，她也不愛去熱鬧的場合，吵的地方更是不喜歡。她適合坐在咖啡廳，聽著舒緩輕快的輕音樂，然後去學習，寫作，她可以待一天。她看完電影，心裡想：「希望新的一年，我們都要熱愛生活好好活下去。」

　　許若一本質上是一個熱愛生活的人，她喜歡小貓小狗，所以養了年年。喜歡鮮花，她就買了花瓶和玫瑰花，桔梗，小雛菊和插花泥去插花。她喜歡書法，她就買了字帖練習楷體。她希望遇到有趣的人和事，能和志同道合的好朋友們一起去山上看日出和流星，或者去看海，她很喜歡大海，喜歡晚風吹著她的頭髮，臉龐。她也想和朋友們一起合唱歌曲，他們彈著吉他，許若一雖唱得不好，但有朋友們的聲音掩蓋，想來也不會差太多。也想在圖書館，咖啡廳，或是一個安靜的地方和朋友們聊天，會有說不完的話，可以從家長裡短聊到以後的未來，也可以談她喜愛的文學和書法，她說著，朋友們在一旁默默聽著，時不時給出意見和指點。

　　可抑鬱症的到來，讓她沒了對生活的熱愛。年年衝她撒嬌她也內心沒有波瀾，甚至不想看到它。花瓶的水漬和污垢已經擦不掉，花瓶裡的玫瑰花逐漸凋零枯萎，就如同她一樣。

而字帖也被她扔到了一邊，墨碟上的墨水早已乾涸。而那些希望，願望，好像也變成了一灘平靜的死水。她出不去，甚至連出門都很困難。

她也沒有朋友，她對於這些方面好像很矛盾。她一邊享受著孤獨給她帶來的感覺，覺得一個人安安靜靜生活，互不打擾，各自安好。可她另一個方面又希望能有趣的朋友，同性也好，異性也好。她只喜歡有趣的靈魂，有句話這樣說的：好看的皮囊千篇一律，有趣的靈魂萬裡挑一。當然，她也認同這句話。

許若一認為她是個比同齡人成熟的人，她和同齡人在一起聊天，她會覺得他們有一些幼稚。當然她不會嘲笑別人，因為她自己也幼稚過。她很喜歡與她年齡大的人或是成年人說話，因為能聊到一起，她一直很渴望能遇到優秀有趣的人然後與他們做朋友，去完成那些她的願望。可是她年齡小，誰會想和一個還沒有成年的小姑娘成為朋友，知己呢，說不定還會被說動機不純。

所以許若一很討厭自己的年齡，她好討厭自己是十四歲，如果她能早生一些或是不生，她就可以逃離原生家庭為她帶來的精神傷害，也可以遇到一些志同道合有趣的人，而不會因為她的年齡會覺得她是一個幼稚，代溝大的小姑娘。

新的一年到了，願新年，勝舊年。

可惜並沒有如願。

許若一的抑鬱又開始加重。她開始厭食，吃不下飯，喝了胃藥也是一點作用都沒有。一日三餐她只能吃一餐，沒到吃飯的時間她就是不想吃或者不餓，也吃不下零食和她最愛喝的奶茶了。一個星期內她暴瘦了四公斤，身體一天比一天變得輕盈輕鬆，可她的心裡卻沒有，還是覺得無比沉重。

她起不來床，只能躺在床上，她覺得她的身體和靈魂已經不在一起了，她的靈魂讓她起來寫作業，可是她的身體卻像是被強力膠死死粘在了床上，她起不來，動不了。她很累，但她說不到是哪裡累，她真切地感受卻苦於無法用文字來形容，好像文字怎麼也不能表達得淋漓盡致，如果沒有親身感受那一種感覺，是無法體會的。

她病情發作的時候，情緒波動很大，但不會哭。可在她的臉上看不出來喜怒哀樂，永遠都是面無表情，就如同精品店裡擺的瓷娃娃，眼神空洞，像靈魂出竅一般。

她已經麻木到洗澡的時候都像是完成任務一般，讓她疲憊，她在浴室洗澡，蹲在花灑底下，把自己蜷起來，她真的好難受好無助，連哭都哭不出來。抬頭看向鏡子，一張清麗的臉龐，眼神卻如此空洞，因為失眠她的黑眼圈又加重了，三餐不規律內分泌失調臉上長起了痘痘，她看著自己無比憔悴的一張臉，內心很複雜。

如果把亭亭玉立的少女比作花，那麼許若一就曼陀羅花。

曼陀羅花，味辛，有毒，有些生長在陰暗的環境。花語：不可預知的黑暗，死亡和顛覆流離的愛，希望，麻醉，適意，幸福。

為什麼把許若一比作曼陀羅花呢，因為她和曼陀羅花太像了。她有著不可預知的黑暗，很多事情都是突如其來，不可預料，毫無防備的她被重重的打擊，死亡也一樣，世事難料。至於顛覆流離的愛，這個她沒有，她一直沒有愛情，她還年輕，或許有一種可能，是世界上沒有愛的。

而麻醉這個詞，許若一也占上了。她不是沒有麻醉過自己。她一次吃十幾粒膠囊，要當飯吃，就因為膠囊的副作用是興奮，她就是想讓自己變興奮，激動。興奮總比情緒不好強，可她的體質好像天生就對藥物有免疫一樣，無論她吃多少膠囊，一點作用都沒有。她做不到能什麼都忘卻，什麼都不管，她活得太清醒了，讓她裝糊塗太難了，她擅長心口不一，演技也很好，但是這個，她一直都不會，怎麼學都學不會。她真的由衷的覺得，有的時候太清醒，活得太明白真的不是什麼好事。她寧願她是個凡夫俗子，隨波逐流的人。有些事情看明白了真的讓她很難受。

而希望，適意，幸福這三個詞，許若一也占了。她其實就是個普通人，她也有著她的執念和希望，她以後也希望自

己，能一直做她自己喜歡的事情，一直到她死。而適意，她也希望能過舒適的生活，不用每天為了家裡的事情發愁生活在水深火熱之中。而她也渴望著幸福，她畢竟是一個孩子，希望能有幸福而和睦的家庭。她也是一個女孩子，也想遇到一個彼此相愛的人，此生相伴到老。當然，她現在還不認為她能遇到，因為她還年輕，如果一直沒有人，那也沒有關係。在愛情理念中：相互尊重彼此，三觀相合，關係平等，心中都愛著對方。不用為了結婚而結婚，不用為了傳宗接代而生孩子，不用為了「這個年齡該結婚生子」而去做自己不想做的事情。婚姻應該是相愛之人，攜手白頭，而不是為了「適婚年齡」去急匆匆地結婚，這樣就失去了結婚的意義。生孩子應該是夫妻兩人做得慎重的決定，能給孩子一個成長舒適的環境，而不是所謂的傳宗接代，甚至讓孩子成了一個犧牲品。她認為父母做出養育一個孩子本身就是很自私的，如果不能去保證他的生活保障，不能保證有一個舒適幸福的家庭，那為什麼要去養育一個孩子呢？這已經失去了生孩子的意義。

曼陀羅有些生長在陰暗的環境，許若一也是，她在暗沉的家庭環境下長大，她也不喜歡太陽，不喜歡光，她的房間也是陰沉沉的，就如她的心情一樣。

曼陀羅花味道苦澀，有著劇毒。許若一樣的人生就如曼陀羅一樣苦澀複雜。而她認為，她和曼陀羅一樣有著劇毒。但是她的毒，像是她陰暗的一面。其實她認為自己是一個薄

情，毒辣的人。她認為她生性涼薄，她的共情能力非常差，看到感人的電視劇電影，其他人都在痛哭流涕惋惜主角的結局，而她覺得沒什麼好哭感人的。她在某些事情上也非常毒辣，殺伐果決。從不拖泥帶水，感情用事。其實許若一的這一面並不就是錯誤的，不好的。相反，等許若一畢業，工作，這樣的一面也許會讓她在職場上很吃香，或者適合領導人。當然，這些就是後話了。

許若一就是曼陀羅花，外形和曼陀羅花一樣潔白無瑕，美麗。可是卻有著劇毒，味道辛苦。她很複雜，就如同曼陀羅的花語一樣複雜。

她開始有了幻聽的症狀，她早醒時，都感覺聽到兩個男人吵架的聲音，嬰兒的啼哭聲，她的腦子裡會轉，讓她絕望，讓她崩潰。

強烈的求生欲望讓她知道，該去看醫生了，她也許得了精神分裂症。她拿起手機打通了醫院的電話預約了明天的複診。

許若一想做出一些在別人看來「怪異」的事，她喜歡「怪異」的物品，喜歡「怪異」的歌曲，她有時候想讓別人看到她，她需要幫助。她希望別人能救救她，她好痛苦好絕望。可是周圍的人不理解她，只是覺得她是個外貌出眾，但性格不合極其古怪的女孩。

但是許若一這個方面也有些矛盾，她有時候希望別人注意她，可又不希望別人太過注意她，她只想當個小透明。在平常的時候，她就是不希望別人注意她，在情緒波動大的時候她希望別人注意她。她抬頭望著天花板發呆，發著發著呆就睏了，就繼續睡覺了。

　　第二天，許若一去複診。

　　她還是一個人去，自從今年開始，她就自己一個人去複診，也不想讓父母陪了。可她覺得沒什麼，她享受的一個人的孤獨帶來的快樂，只有她一個人能體會的那種。

　　她坐在計程車上，戴著耳機頭靠在車窗旁默默看著風景，她一般坐車不喜歡玩手機，喜歡一邊聽著歌一個看外面的車水馬龍。車上的廣播電臺播放著音樂，幽默風趣的主持人開著玩笑。但是對於道路情況，主持人卻一點玩笑都不開，嚴謹認真的報導。

　　許若一沒心情想這些，她只是想著複診完要去咖啡廳吃什麼甜品才好。是可頌還是提拉米蘇。

　　司機師傅拐到醫院門口，笑呵呵的對她說：「到了。」

　　許若一付了車錢道過謝就走進了醫院，醫院依舊人山人海，喧雜吵鬧。她坐電梯，依舊躲在角落裡，不容易被人發現，到了 13 樓，才默默隨著人群走出電梯。她走到了掛號台掛號，隨後等待叫號。

許若一今天穿了娃娃領的白色蕾絲襯衫，上面有著黑色的紐扣，和高貴的黑色的山茶花胸針，露出了修長的天鵝頸和一點鎖骨。下面穿著黑色的裙子和小皮鞋，披著長髮。她平時是不化妝的，因為她氣色不好，所以化了一些妝，使她清麗的容顏更加出眾。她的容顏美麗，青春正盛，本就無需做太多的修飾，做出太多的修飾反而變成了一種累贅。

許若一無論心情多麼差，多麼痛苦，她都不會衣冠不整。她會把自己收拾得漂漂亮亮，乾乾淨淨的出門，雖然她的心理不如普通人的心理，但是在外貌上，她要像個普通人。

她清冷的氣質讓人惹眼，但是她不想被注意，坐在角落的座位旁，散發出生人勿近的感覺，默默等待叫號。

「17號，許若一，請到603診室就診。」大螢幕上出現了許若一的名字和掛號號碼。許若一走到診室，敲了敲門，看到沒有病人進診室，她就進去了。她每次都是這樣，如果有病人在診室就等等，也不會太著急進去，畢竟不能聽到患者的病情嘛。

「許若一，你瘦了啊。」張主任寒暄道。「是啊，張主任。」她說了最近的情況和症狀，她的情緒不好，失眠心慌，無力，幻聽，沒有力氣做事情，麻木的症狀，一一告訴了主任。

「去做個測試吧，在605診室。」許若一答應後，拿起就診卡離開診室。去了605診室做心理測試。

依舊是那些題，她根據最近的情況對著題目一一打勾，打叉。做完了題後她又仔細核對了一遍，她生怕出錯而影響檢查結果。做完測試許若一出了診室，靠在旁邊的牆上想事情。她其實已經知道了結果，俗話說久病成醫，就是指許若一這樣的，至於測試，就是一個從專業角度上的認定。

「許若一，過來拿檢查報告。」小醫生喊道。

她拿了報告，檢查結果顯示：重度抑鬱，中度焦慮。果然是這個結果，是她預料到的。

她心情很複雜，不知道這個檢查報告該怎麼處理。但身體上促使她走進了主任的診室，把就診卡和檢查報告給了張主任隨後關門靜靜地等待著。

「許若一，進來吧。」她聞聲，站起來走到了診室裡坐下。「我這邊還是建議你住院治療好好調養一下，不然一直這樣也沒有辦法解決。」張主任苦口婆心地勸她。被許若一婉拒了，她不想住院，她不想做無意義的治療，她不想花了大數目的金額住院吃藥，卻一點改變也沒有。讓自己難受也讓家裡人難受。

許若一出了醫院的門，她從包裡拿出了診斷報告，隨後撕毀，扔到垃圾桶。她看了一下垃圾桶裡已經撕毀的檢查報告，隨後轉頭就走了。

她也不知道自己為什麼這樣做，但是她知道這些已經沒

有什麼太多的意義了。

　　她搭了計程車去咖啡廳，到了以後她進了咖啡廳。看了一下店裡的情況，覺得很不錯。有著舒緩的輕音樂，而不是隨著潮流的一些口水歌。有著咖啡豆獨有的香味，店裡也沒有多餘無用的裝飾，人也比較少，是她所喜歡的。她點了一杯海鹽焦糖拿鐵，提拉米蘇和流心巧克力丹麥酥，然後坐在床邊，從包裡拿出日記本和《人類簡史》《房思琪的初戀樂園》。這兩本書是她最近一直在看的，她覺得《人類簡史》需要一邊看一邊思考，越看越有趣的那種。而《房思琪的初戀樂園》是越看越心痛，她很惋惜房思琪的結局，也非常痛恨李國華這樣的人，可惜她卻什麼都做不到。

　　她的咖啡和甜點上來了，店員給她說海鹽焦糖拿鐵很好喝的，入口甜鹹交織。她嘗了一口，味道確實不錯。但是再喝一口，兩口，三口，她就覺得不怎麼好喝了，有點頭暈。好吧，她始終喝不慣咖啡。流心巧克力丹麥酥就是普通的可頌淋上巧克力醬，但不得不說，做得比許若一強。提拉米蘇的味道也很好，鬆軟的巧克力胚，濃厚的乳酪，吃下去是濕漉漉的口感。許若一邊看書邊吃蛋糕，咖啡她喝不下去了。於是又點了一杯冰紅茶，說來也很可笑，來咖啡廳不喝咖啡而是吃甜品。

　　許若一清麗的容顏吸引了很多人的注意，但她不想被人們所注意。只是默默幹著自己的事，有兩個鼓起勇氣過來搭

訕，全被她婉拒了。

「請問，你是在看《人類簡史》嗎？」一個充滿磁性聲音響起。

許若一皺起了秀氣的眉毛，以為又是來搭訕的，她不耐煩的抬起頭來想拒絕，看到了一個清秀陽光的少年。少年穿著白色的毛衣，背著一個書包，留著狼尾的髮型卻顯得不違和，陽光照在他的臉龐上，他微笑地看著許若一。

「是的。」她只好如實回答。「我也很喜歡看這本書，能感覺到尤瓦爾・赫拉利是一個非常有趣的靈魂。少年笑著說道。「請問，我可以坐對面嗎？你有興趣與我聊聊天嗎？」少年禮貌又有些小心翼翼地問她。「好吧。」許若一感覺這個人和別人不太一樣，於是答應了。

「那謝謝你啦，能讓我和這麼美麗的小姐坐在一起是我的榮幸。」他半開玩笑地說，把書包放在對面的沙發上坐了下來。「你好，我叫張若安，今年17歲，在讀高二，是一名藝術生，很高興認識你。」少年介紹著自己。「我叫許若一，今年14歲。」許若一也介紹了自己，她有些緊張了，每次和別人說話她都會莫名的緊張。

「哦哦，我們名字中都有一個若而且都在中間，緣分啊。你可以這樣理解我的名字，你若安好，便是晴天，哈哈。少年笑著開玩笑，他的虎牙露了出來，他笑起來很好看。許若

一破防了，捂著嘴笑了一下。這是她第一次在素不相識的人笑了起來。

「《房思琪的初戀樂園》我也讀過，真的很敬佩林奕含，可最後她實在太可惜了，她本來會有美好的未來，可都被那個禽獸害了。」張若安搖著頭惋惜道。「是的，那麼好的一個女孩，結局那麼慘。國家應該要加強對孩子們的保護和教育。」這是許若一第一次說這麼多話。

「是啊，你有什麼愛好，說說看，說不定我們有相同的愛好。」張若安問許若一。「我喜歡文學，二胡，健身，烘焙和一些音樂吧。」「真的嗎？我除了烘焙不喜歡其他的都很喜歡誒！」張若安驚歎道。

「看來終於找到知音了，哎，知音難覓啊，今天終於碰到了。」張若安非常開心，打開了話匣子和許若一一直聊。

張若安說：「我還會彈吉他，不過不是很好哈哈哈，二胡我很感興趣，可是太貴了，周圍也沒有會的，所以只能在手機聽別人拉，想想也怪可惜的。」「是呢，二胡是我姥爺會的，所以教給我的，我也慢慢喜歡上了。」許若一慢慢放開了，和張若安一直聊著。他們像是多年未見的好友，有聊不完的話題。

「許若一，你喜歡狗狗嗎？」張若安拿起手機然後笑著問她。「喜歡啊，我非常喜歡小動物。」張若安邊點開手機，

邊說：「我家可是養了一隻狗狗哦，是一隻小泰迪，非常可愛的，它叫飯糰。」

　　他點了好幾個視頻給許若一看，視頻裡是飯糰和張若安在一起玩，她感覺飯糰是一個非常調皮的小狗。

　　他們又聊了一會，一陣悅耳的手機鈴聲打破了著愉悅的氣氛。「不好意思我接個電話。」張若安抱歉地說著，點開了接聽鍵。「沒關係的。」許若一吃了一口蛋糕，含糊地說著。「喂，李老師怎麼了？今天有樂理課？」「我不清楚啊？對不起我現在就過去。」張若安掛了電話火急火燎地收拾東西，一邊對許若一愧疚地說：「不好意思許若一，我忘了今天有課，我得趕緊去上課了。」許若一看著他著急的舉動，被逗笑了：「沒有關係的，你快去上課吧。」

　　張若安拿起一張乾淨的餐巾紙，用筆在上面寫上了他的聯繫方式塞給許若一，給她說：「記得回去和我聯繫哦，好不容易遇到個知己我不想就這麼沒有了。」許若一答應後，張若安趕緊離開了咖啡廳趕去上課。

　　日子一天天過著，許若一的二胡進步得飛快，已經可以拉《賽馬》這首曲子了。技術音對她來說就是小菜一碟，除了音有些打不准，其他都很不錯。也開始學小提琴，還是從哆來咪發唆開始，她天賦異稟，教了幾句就會了，還會舉一反三。她有天賦，她屬於「老天賞飯」的類型。但是她不想

走專業路線，只是當成自己的愛好並沒有想著靠這個吃飯。

　　她的抑鬱情緒並沒有減少，反而嚴重了起來。咖啡廳也不去了，日記本也被她丟掉了，徹底放下了運動。她好累，她沒有心力再去做這些了，也不想去外面玩，她去不了，她就算出去玩也是人在心不在，無趣極了。

　　她的姐姐和妹妹讓她去玩，她答應了下來。可隨著時間的推移，她還是不想去，找了個理由推拒了，可父親不知道。那天就她的姐姐妹妹去玩了，她沒有去。她父親給她打電話問她怎麼回事，她說沒心情不想去，說了幾句就掛掉了。她躺在床上戴著耳機聽著輕音樂看書，感覺內心很平靜，煩人的小情緒也沒有出來騷擾她。

　　可父親的到來，打破了這樣的寧靜。他回到家，打開許若一的房間就開始問她：「說好了為什麼不去？」「我沒有心情，我很累不想去玩。」許若一聽父親的口氣，感覺他又喝多酒。父親好像動了怒，大聲地吼著：「許若一你為什麼出不去？都已經答應好了就你臨時變了卦，你天天待在這麼暗的房間能行嗎？你這樣子怎麼辦？」他把許若一罵了一頓，然後離開她的房間。

　　她在這一刻爆發了，那些煩人的小情緒，極端的想法和一堆雞毛蒜皮的小事而難受的心情如潮水一般不停地向她湧來，止都止不住。她痛哭著，她徹底崩潰了。這些都是一些

亂七八糟的小事，但是有的時候那一件小事就能讓許若一那根緊繃著的弦徹底斷掉，再也不能復原如前。

姥姥聞聲趕來，也只是簡單安慰了幾句就走了。許若一抓起她的藥盒子，吃了十幾粒的膠囊，她知道她不會死，她還想再次用藥物麻痺自己，哪怕藥物的副作用可能讓她興奮那麼一刻也好，她想躲避現實回到自己的世界。

她想忘了這一切糟糕的回憶，哪怕付出什麼代價她都心甘情願，可是有一個辦法，也僅僅只有這一個辦法能讓她徹底忘記這痛苦不堪的過去。

這個辦法就是：死亡。許若一不是沒有想過死，只是一直沒有實行，礙於種種的原因，也讓她一直活到了現在，算是幸運吧。

她開始害怕，畏懼父親。每次聽到父親的聲音就會發抖，把自己縮在一起。等父親回姥姥家看她，她就死鎖死著門不讓他進來，她自己也不出去，她畏懼到了極點。每次聽到父親發酒瘋，她就戴上耳機開到最大聲，可惜沒有太多的作用。她還是會受到影響，還是會聽到他的聲音。然後她一個人默默地崩潰，痛苦，她一直陷入到這個循環裡，平靜，痛苦，絕望，自卑。她的情緒要麼就是平靜，要麼就是極端的情緒，一下子就到了一個非常高的點，下去很難，但上去很容易。

隨著時間的流逝，慢慢地到了春節。許若一仍然感覺到

沒有絲毫的年味，因為今年爺爺去世，所以不能貼春聯和放鞭炮。不過對於她來說，她認為今年和去年過年都一樣。菜式一樣，壓歲錢一樣，春晚也變得越來越無趣。

只是有一點不一樣，也是影響最大的一個變化：那就是她的爺爺不在了。她也想著她的爺爺，可是再也見不到了。她看到過她父親默默地流眼淚，她的父親不是不難過，只是不在他們面前表達出來。

她父親酗酒無度，也有這一個原因。可能她父親不願意面對現實吧，想用酒精麻痺自己，可是現實不是你想不應對就不應對的，終將有一天要面對，躲沒有辦法。家裡人也勸過他，他這樣喝難道爺爺就能回來嗎？能活過來嗎？如果能活過來他們都去喝酒了，他這個樣子該怎麼面對自己的父親。許若一父親發短信給許若一：「今年的年夜飯有什麼變化嗎？」許若一回：「是人還是飯菜？」她父親回：「人。」她於是開始勸父親：「人已經不在了，我知道你傷心難過，我也一樣。可事情已經發生了，最重要的是活著的人，你不面對現實。一直酗酒無度，沉浸在自己的世界裡，也傷害很多愛你的人。「我對不起你爺爺，生前沒有好好的盡孝，爸爸真的是特別的內疚。」

她回：「事情已經發生了，活著的人再做什麼也不能讓死了的人活過來。現在要做的就是多陪陪奶奶，帶著爺爺的那一份健康快樂地活下去。」

她躺在床上，想著父親給她發的短信。她聽著除夕夜別人放的鞭炮聲，心裡無比複雜。就如各式各樣顏色的毛線團死死交織在一起，不知道怎麼解開，也不知道從何解開。

她討厭過，恨過父親嗎？答案肯定是有的，她父親酗酒後衝她撒氣，對她的精神虐待使那心中的傷，是無法癒合的，也沒有有效的治療方法。但是她聽到他父親的傾訴，她心軟了。她不知道該不該。

原諒父親？他會改嗎？

她愛她父親嗎？愛的。

她想原諒她的父親嗎？她不知道。

可能這個問題，許若一不會有她的答覆。

父親帶來的精神傷害不是虛無的，可父親的對爺爺的思念之情，一些傾訴也不是虛無的。可許若一真的做不到用以前的心，當成什麼都沒有發生去面對父親，這個痛苦的記憶不會改變，能忘記這些事情的是沒有任何辦法的。

她才明白，原來新年的變化不只是爺爺的離去，她的心也變了，和爺爺一樣，永遠都不會回來了。

新年這幾天，她沒有聯繫父親，父親也沒有來姥姥家看她。她需要一個人自己靜一靜，他不來也好，不然又要發酒瘋許若一也受不住。

有一天，一通電話打破了平靜。可以說，受到的變故不

是一星半點。這個變故給了心力交瘁的許若一巨大的衝擊，甚至影響到她以後的生活，讓她喘不過氣，快要窒息的感覺。

那一天下午，許若一在寫作。看到了一通電話，她正心煩意亂不想接，而且還是外地的電話，她以為是推銷拒絕了好幾次。沒想到面對那麼堅持不懈，一直在打。她被擾得煩了，就接了，不耐煩地說：「喂，你好，什麼事。」電話對面傳來一陣男聲：「是許江的女兒嗎？」許若一地直覺告訴她，一定不是好事情。她立馬認真了起來，說：「我是，請問有什麼事嗎？」「你父親昏迷不醒，暈倒了叫了救護車。大小便失禁叫他沒有反應，疑似腦出血。感覺來人民醫院急救中心吧。」那邊的人說得很急很倉促，然後就掛了。

果不其然，不是好事。

許若一半天才反應過來，然後趕緊穿上衣服，戴好口罩穿好鞋，就出門了。她特意讓司機師傅抄近路，到了醫院許若一趕緊進了急救中心。她詢問了前臺護士，跑到了她父親待的病房。她看到她母親和小叔正按著父親，父親口吐白沫，他想起來但被他們按著。

許若一愣住了，她沒有想到自己的父親會變成這樣子，之前還好好的。她不知道該怎麼辦，這時，一個實習的小醫生問她：「你是誰。」

她趕緊問小醫生：「我是他的女兒，請問我父親怎麼樣

了？」「你父親現在腦溢血，被救護車拉過來的時候就沒有了意識，我們叫他，他沒反應。他現在自己都控制不了自己，剛給他打完鎮定劑，至於怎麼樣還得等主治醫生來看。」這個時候，一個大約三十戴著口罩的男醫生來了，他問：「誰是許江家屬？」許若一趕緊過去說：「醫生，我們都是。」

他把許若一和她母親拉到旁邊，她看到母親眼眶紅紅的，肯定是剛才哭過。

他說：「剛剛做過CT，許江腦子多處出血，別人是一塊地方出，他是好幾處都出血。我們得先把他出血最大的地方手術做掉。他最近有什麼症狀嗎？」「有，他前幾天一直流鼻血，流了一床單。但是沒想太多要是早點送過來檢查就好了」母親邊哭邊說。「他現在有很多疾病，高血壓，心臟病，手術的風險會比普通人大很多。但是我們會盡力，這是手術同意書，簽字吧。」醫生邊說，邊把手術同意書遞給母親。

母親顫抖著簽了字，許若一跑去看她父親。她喊她父親，他卻一直沒有回應，要從床上爬起來。她趕緊和小叔死死的按住他，他手上還打著吊針。

「這到底怎麼回事？」許若一哽咽著問小叔。「和同事好好說著話呢，突然一下子就倒了過去，他們趕緊給我打了電話。」

一個女醫生不耐煩的進來說：「只能一病人一陪護，其

他人全部出去。」然後把許若一和她母親趕了出去。她說話的語氣讓許若一覺得非常討厭，但是她管不了這些，她現在最擔心的就是她的父親。

她跑去醫生辦公室，問醫生現在要準備寫什麼東西，家屬可以上手術室外面等嗎……醫生都一一給她耐心地回答完。許若一上不去，按照規定來說她還沒有成年，上不去。所以只能她母親和小叔去。

她讓自己鎮定下來，然後去告訴母親要帶哪些東西，哪些東西不需要帶。然後去把手術需要的證明開好，然後告訴母親要做什麼。因為手術完她父親就直接進 ICU 了，所以他的棉服鞋子還有包，都由許若一帶回家。

她趁女醫生不注意悄悄溜進了病房，給小叔簡單地說了一下情況，然後為父親擦乾手上流的血後。看護士備完皮，父親被推走後她就離開了醫院，畢竟其他忙她也幫不上。

她提著沉重的東西，然後搭了車回家。她看著窗外，心情很沉重，她也哭不出來。她怕，她怕她父親會有後遺症，更害怕他離開自己。她即使之前無論多討厭父親，可到了這個時候，她看到了父親那樣的病症，她討厭不起來了。好像之前的恩怨，都全部化無虛有。這就是血脈相連吧，血緣至親吧。

晚上，她把手機鈴聲開到最大，她想睡覺，可她不敢睡。

她怕明天早上醒來就是不好的消息，就如同爺爺去世那天一樣，她真的無比恐懼。

好在，手術成功。她聽到這個消息，她無比高興，慶倖。因為保命要緊。

她父親進了 ICU 病房，但仍然沒有脫離危險。

第二天，母親問許若一：「你要跟我去嗎？聽下你爸爸情況。」「不了，我今天得去一個地方。」許若一拒絕了，她認為，她得要去那個地方了。「你去哪裡啊？你爸爸都成了這樣。」母親很疑惑，許若一最近一直不出門，就算出門也是取快遞。而且還是在這個節骨眼上要出去。

許若一說：「我去陵園，看看我爺爺。」母親愣住了，過了幾秒說：「行吧，去看看你爺爺，燒點紙讓他保佑一下你爸爸能快點好起來，注意安全。」「嗯。」

她今天穿了一件黑色連衣裙，配了一個白色山茶花胸針。但是她沒什麼氣色，臉色慘白。像古典的瓷娃娃一樣，生怕一碰就壞了。她搭了計程車，進車對師傅說：「你好，去九龍陵園。」

師傅看起來很高興的樣子，笑瞇瞇地說：「好勒小姑娘，是在南北路那邊嗎？」「嗯。」

師傅是個很能聊的人，一路上都在嘰嘰喳喳地說，許若一有時候應幾句，不想應就沒有回答。

路程有點遠，許若一憂鬱的眼神望著車窗外，看著外面的市井繁華。這個城市，這個國家沒有變化，地球也在自轉。可他們家，卻變了。耳機裡的音樂是小提琴的〈卡農〉，明明是一首非常歡快的曲子，有的人說：卡農的魅力在於你幸福的時候能聽到悲傷，沉淪的時候能聽到希望。許若一是沉淪的，不幸福的，她只能聽到悲傷，沒有聽到希望。

　　她打開車窗的玻璃，風吹著她的長髮，溫暖的陽光照在她的臉上。她討厭陽光，但潛意識告訴她，她得接觸陽光不能待在陰暗裡。她雖抗拒，但還是身體隨著潛意識做了。前方有一個漫長的紅燈，車子停下來等待。她看到公車上一個年輕的母親抱著 2，3 歲的小女孩，小女孩和她母親開心地說著話，母親也用寵溺的眼神看著小女孩，微笑著聽她說話。

　　小女孩看到了許若一，像是發現了新奇的玩具一樣。小手拉著媽媽指著許若一說：「媽媽你看，那個姐姐好漂亮！就像你給我買的那個洋娃娃一樣！」許若一嚇到了，她沒想到小女孩注意到了她。她的母親用抱歉的眼神看著她，她搖了搖手表示不礙事，也給了小女孩一個善意的微笑。

　　許若一確實很像精緻的洋娃娃，她有著烏黑的長捲髮，讓別人都很羨慕。有著一雙桃花眼，眼睛很大，因為她最近瘦了，臉變得小了，眼睛變得更加出眾。她會出門把自己打扮得漂漂亮亮，就和洋娃娃美麗的衣服一樣。她愛穿白色，杏色的衣服，喜歡長裙，襯衫。

計程車到了目的地，許若一說了謝謝，付了車錢下了車。抬頭看了九龍陵園，最後一次來是爺爺入墓的時候，也快有半年沒有來了。她先去店裡上買了一些黃紙和紙錢，買喪葬用品的老奶奶好奇地問：「小姑娘你怎麼會來墓園。」因為除了清明，基本上沒什麼人來這裡，何況還是這麼年輕的姑娘。「我外地上學，學校補假。我就回來看看家人，順便來看看我爺爺。」她隨便編了一個理由，因為她如實說，實在太麻煩了。那個奶奶也是做喪葬用品做了很久，生死之事也見多了。她怕許若一害怕，畢竟小姑娘都膽子小，拉著她的手給她講了很多注意事項。許若一感謝過後就走了。

　　她看了看陵園，其實這裡風景很美麗的，有一片很大的湖，鬱鬱蔥蔥的樹木。因為這邊人少安靜，還能聽到隔壁佛寺和尚絮絮叨叨的念經聲。提到佛寺她就想到了佛和菩薩，想到佛和菩薩她就想到彌勒佛，想到彌勒佛就想到爺爺。她為什麼想到了爺爺呢？不是因為她爺爺信仰，只是她爺爺長得像彌勒佛，尤其是耳朵。許若一越想越壓抑，就不想了。她加快腳步向前走，能聽到她小皮鞋踩在石子路的聲響。

　　因為很久沒來了，陵園又很大，許若一找了半天才找到，繞了好幾圈路，又彎下腰一個個仔細看。

　　她看到第五排右邊的時候，看到了一個熟悉的面孔，那就是她爺爺。於是她停下腳步，從手提袋裡拿出了準備好的毛巾，在前面的水龍頭把毛巾弄濕。然後一點點把爺爺的墓

碑擦乾淨。然後把毛巾放進手提袋裡，然後對著墓碑說：「爺爺，我來看你了。」「自從您走了後，周圍的變故變化太多了。我不知從何說起，也不知道該怎麼說，我對您有著愧疚和遺憾。您雖然沒有從小帶過我，而是我姥姥姥爺把我帶大的，所以我和他們比較親。和你們可能有些生疏，因為我們一周之間一次或者半個月見一次。您走了的時候我確實難受也哭過，後勁也非常大，看到別人還有著爺爺，我的心裡有一種說不出來的難受，我們畢竟血脈相連。

　　很抱歉到您去世，我都沒有告訴過您。我其實得了抑鬱症，我是一個不健康不快樂的孩子，父親因為面子問題一直沒和你們說，我知道現在說是很晚了，彌補不回來了。我通過，苦過，絕望過，甚至有的時候精神分裂。我就是一個表面精緻無比的瓷娃娃，但是內裡用的都是破敗不堪的粗布和骯髒的棉花。自從您離開我們，我父親開始酗酒無度，喝完了酒衝我莫名其妙地撒氣，然後把我一個人丟下默默承受痛苦。

　　我父親確實給我帶來很多精神傷害，我恨過他，討厭過他。但是我看到他腦溢血痛苦不堪的樣子，我們之間的恩怨好像都化為烏有，一切都不存在了。我們畢竟是父女，有著血脈關係，看到他那樣子我也很不願意。我恨不了他了，但也做不到完全原諒他。我不能再去用以前的心境再去面對他，當成什麼都沒有發生，我做不到。但我也不想失去他，這不

是我願意看到的。

　　您去世的那天，我爸爸哭著說他沒有爸爸了。您現在已經走了也不可能再回來，但是我不希望我也有一天這樣哭著說自己沒有爸爸了。

　　我從來都不信這些燒紙錢，去世的人能看到自己的親人。但是這次，我願意信一次。原因很簡單，您是我的親人。」

　　許若一說到後面，越說越哽咽，但是她沒哭，她哭不出來，她緩了好久。然後把手提袋裡的黃紙和紙錢默默燒了。

　　「您若在天真的幽靈，那就今天進我的夢裡吧。告訴我，您看到我了，您不要害怕我做噩夢，我一點都不害怕，您是我的爺爺。」

　　許若一說完話，看到爺爺的墓碑旁邊有一朵小雛菊，她摘了下來。

　　那個老奶奶說不能走回頭路，她一直記著。

　　她不會回頭。

第二章

尋光

「列夫‧托爾斯泰生為貴族，晚年卻自甘寓居低矮的陋屋，去感受老百姓的生活和疾苦，他有著無與倫比的靈魂。按照現在的話說：好看的皮囊千篇，一律有趣的靈魂萬裡挑一……」

　　文學老師絮絮叨叨地說著，許若一在底下記著筆記，勾畫著重點。可因為昨天熬夜看漫畫到凌晨三點，體力不支，腦袋暈乎乎的。許若一心裡想：「好睏啊……班講課怎麼跟催眠一樣。」實在太睏了，眼皮不停在打架，迷迷糊糊睡了過去，沒想到一頭栽倒在桌子上。

　　「咚！！」「啊，痛死我了。」許若一一下子清醒了，捂著額頭，滑稽的動作引來不少同學的笑。

　　「許若一你咋回事啊哈哈。」

　　「老班講課這麼催眠的嗎。」

　　老師搖了搖頭，無奈地說：「許若一，去衛生間洗把臉然後回來繼續上課。」許若一飛快地跑了出去，太尷尬丟人了。洗完臉後，在鏡子前看自己的額頭，紅腫了一塊。「痛死我了……這回去咋交代啊……」許若一往教室走，後面有隻手拍她肩膀說：「許若一，是你嗎？」她轉過頭來，臉上的神情從驚喜轉到笑容：「張若安，居然是你！」今天張若安穿著一件白襯衫和牛仔褲，變得成熟多了。

　　「你怎麼會在這裡啊？」許若一問道。

「我在這裡上文學課，你也是嗎？你今天真漂亮，衣服也很好看。」「嗯嗯，謝謝你哦。」

「等等，你額頭怎麼了，怎麼腫了。」張若安指了指她的額頭，許若一笑了笑：「沒事，是我剛剛太睏了，頭不小心砸在了桌子上。」張若安說：「哈哈，沒事的很快就好了。對了，你下課有時間嗎，我帶你去認識幾個朋友可以嗎？」

「去哪裡？」許若一瞬間警惕起來，前面的經歷告訴她，要警惕男人。張若安像是看出了她的心事一樣，說：「你別害怕，沒有事的，就在附近一個咖啡館裡。你如果擔心的話，可以給你家裡人打電話說一下，或者發個訊息。」「那好吧……」

下課鈴響了：叮鈴～下課時間到了，同學，老師你們辛苦了。「唉呀，聊著聊著，就下課了。」張若安問她：「那我們收拾下東西，完了大廳見可以嗎？

「當然可以了，你等等我哦。」

許若一回到教室，同學調侃她：「許若一你是掉馬桶裡了嗎？」許若一用手提包打了他一下：「胡扯，你再說把你塞馬桶裡。」老師叫住了許若一：「許若一你過來。」她過來後老師問她：「你今天怎麼回事？不在狀態。」

「抱歉老師，昨天沒休息好。」「好吧，下次別這樣了。」許若一點了點頭，說：「謝謝老師，老師再見。」

等許若一到了大廳，看見張若安在等她。她趕緊跑過去找他：「等的時間有點長了吧，老師叫我說話。」張若安擺擺手：「沒事，你還好吧？」許若一笑了笑：當然沒有事啦，我內心強大的很。「對了，你帶我去見的朋友是什麼樣子的，有幾個人啊？」張若安看到她有些緊張，便安慰她：「沒事的別緊張，就兩個人，他們很友好的，別害怕。」許若一說道：「那好吧。」

　　聊著聊著，就到了一家咖啡店。張若安拉開門，示意許若一進去。咖啡店的風格是簡約風，空氣中彌漫著淡淡的咖啡豆的香味，悠閒的輕音樂，還有玲琅滿目的飲品單和美麗的多頭玫瑰。

　　張若安走進櫃檯裡，大聲喊道：「李恩哲，鄭甜甜出來，給你們介紹好朋友了！」一男一女走出來。男生眉清目秀，帶著金絲框眼鏡，看起來斯斯文文。女生長相甜美可愛，穿著JK戴著蝴蝶結頭飾，身上還有糖果的味道。

　　張若安指了指許若一：「這就是我給你們說的那個女孩子，叫許若一。今天把她帶過來交個朋友。」

　　許若一打招呼：「你們好，我是許若一，希望能和你們交個朋友。」那個甜美女生走過來，握著許若一的手笑著和她說：「你好，我叫鄭甜甜，你可以叫我甜甜，今年15歲，很高興認識你。你長得好漂亮呀，天真又無辜，真的好好看。

以後我們就是朋友啦。許若一不好意思地笑了笑：「嗯嗯，謝謝你哦，以後你就是我朋友啦。」

「你好，我叫李恩哲，恩是恩賜的恩，哲是哲學的哲，你也可以叫我恩哲。我今年 18 歲。是一名咖啡師，這就是我的小店。以後多多指教。」大家都很友善，許若一很快就適應起來。找了位置坐下和鄭甜甜聊天。

「許若一，我可以叫你若若嗎？」

「當然可以了，甜甜。你喜歡看美劇嗎？我很喜歡呢，我最近在看《破產姐妹》和《權利的遊戲》。「我喜歡看電影，《蒙娜麗莎的微笑》和《天使愛美麗》。

「我們興趣真相同，我可在看這些電影……」

兩人聊得越來越火熱，許若一笑了，好久沒有發自內心地笑了。張若安看在眼裡，心裡也高興起來。他拍了一下李恩哲：「恩哲，給他倆做杯喝的，許若一喝不慣咖啡，你給她做個紅茶或奶茶。」過了一會兒，李恩哲端著兩杯飲品走到許若一和鄭甜甜坐的位置上：「甜甜這是你的咖啡，若一這是你的檸檬紅茶。」「怎麼不給若若做咖啡啊。」鄭甜甜問道。「她喝不慣咖啡，紅茶也挺好的。」

許若一問張若安：「等下，你怎麼知道我喝不慣咖啡。」張若安笑了笑，手撐在黑色皮質沙發上：「我們第一次遇見，我看到你放在角落裡的咖啡，我就知道你不愛喝。」許若一

有點感動：「你真細心。」她看了看錶說：「時間不早了，下次我來找你們吧，我就先回家了。」

「嗯嗯，你小心點哦，拜拜。」

過了半月後，許江出了院，戒了酒。整個人看起來好多了。對許若一也好多了，帶她出去玩，給她道了歉。她也不想揪著不放，家和萬事興，她只想和家裡人好好過日子了，其他的什麼都不求。

過了一段平靜日子後，許若一的生活又出現了波瀾。

有時，許若一會很興奮，拉著甜甜和張若安一直說話。她認為自己是神，是救世主。她不想吃飯，不想學習，覺得自己比別人高人一等，大家遲早知道她是神。還覺得自己沒有病，她自己可以救自己。雖然聽起來很荒謬，可這是真真切切的事情。她的情緒達到了最高點後又突然下降，轉為抑鬱。如過山車一樣，一會急轉彎，一會失重下降。她麻木，僵硬，痛苦。

等到逐漸恢復理性時，她發現，自己又出了問題。她向家裡人求助，可他們不予理會。向醫生求助，她建議換個新醫生，她是教授，應該可以看好。

「她是誰呢？叫什麼名字？」「是李倩，李主任。」「哦，好的。」

許若一今天去看新醫生了。陽光灑在層層疊疊的樹葉上，

落下星星點點的影子，藍天就像熨燙的藍襯衫，而白雲就是漏出來的棉花。微風吹著若一的頭髮，落在嘴唇，鼻子上，她想整理好，風還是在吹，放棄了。有個小狗突然衝過來扒著她的裙擺。嚇得她差點摔一跤，看清後才發現是飯糰，是張若安的寵物。

看到眼前跑來的少年，許若一心中一股無名之火，夏天本就煩躁，裙子還被弄髒了。還好是深色的衣服，不仔細看看不出來。

「張若安！！你不好好看著飯糰你幹什麼呢？」「對不起，我沒想到它會跑這麼快。」

他邊喘氣邊說道。

許若一看到他這樣，也不好說啥了。

「那我走了，以後牽個繩。」「你要去哪兒啊，要不要我送你。」

許若一擺了擺手，說：「你好好看著飯糰吧，不用送我，我要去醫院看新醫生的號，再晚點就趕不上了。」

「阿姨呢？怎麼沒陪你去？」「你個傻子，我媽去照顧我爸了你忘了？」「哦哦，可你沒人陪不行啊，還是我陪你去吧，我把飯糰送回家，你在這等我。」

還不容許若一拒絕，張若安就牽著狗走了，還不忘轉過頭說一句：「別走啊等著我。」

過了一會，張若安來了。他們倆邊走邊聊天，聊完飯糰和年年，又開始聊起了文學。

　　「我覺得莫言的作品真的好厲害，能把樸素的文字變成一部曠世巨作。」許若一眼神裡透露著仰慕之情。

　　「沒想到你不僅喜歡林奕含，還喜歡莫言啊。」

　　「那當然，林奕含是我喜歡的作家之一，還有尤瓦爾‧赫拉利我覺得他很不錯，他懂得多，能不帶刻板印象和歧視去接受不被看好的群體。

　　「與其心生敬佩，不如自己成為那樣的人，你一定會成為這樣的人的。」「嗯嗯！」

　　「還有，我覺得盧梭爹味太重了，他對女性不太友好……」說到這裡，許若一皺起了眉頭。

　　「從古至今，女性都是被刻板印象捆綁著，很多人認為女性低人一等。其實不是這樣的，女性也有獨立自主權，我們都是人，不該分高低……」

　　說著說著，就到醫院了。進了門診樓後，張若安陪著許若一去掛號，繳費。掛好號後，他們找了位置坐下，等待叫號。

　　過了一會，藍色的螢幕映出許若一的名字，一個女聲字正腔圓地說：「8號，許若一請到103診室就診。」「走了快點。」張若安拉著許若一。

　　前面的病人還沒有看完，他們就在外面等著。一個男人

在不停抱怨：「前面又來一個，誰是 8 號啊，怎麼這麼討厭，我們這病還能看完嗎。」

張若安想為許若一站出來說話，卻被她拉住。

「好了，別說了，反正一會也是我們先進去。」

「你就是太善良。」張若安恨鐵不成鋼地說道。

「不是我善良，這男人肯定不會甘休的，我們就別招惹了，這種人不值得。」

聲音越來越大，那個男人站在中間罵罵咧咧，抱怨著。診室的門打開了，一個穿白大褂的醫生走了出來。

「能不能不吵了，到底怎麼了？」醫生語氣帶著怒氣。「怎麼又冒出來 8 號，怎麼這麼討厭，我們這病到底能不能看上！」男人聲音越來越大。

「這是系統的問題，都是按照系統叫號，還沒叫到你就等著，再這樣就出去。」

醫生接著說：「誰是 8 號？」

「我。」「你們進來吧。」醫生轉頭進了診室。

「你是她哥哥？」醫生問道。

「沒有沒有，是朋友，我先出去等她啊。」張若安打開門，走出去在門口等。

「你給阿姨說說，你怎麼了？」

「許若一？」醫生看她不說話，還以為是在發呆，叫了她一聲。「啊，那個，怎麼了？」聽到醫生的聲音，她瞬間清醒。

「你給阿姨說說，你最近怎麼了，有什麼症狀嗎？」

「就是，我之前在張主任那邊看病，然後效果不好，我的心理醫生讓我過來看一下。」

「我情緒不高，老是不想活，做什麼事情都沒有興趣，心臟疼，每天早上起來都好累。而且有一次，我情緒特別高昂，興奮，話多，認為自己是神。」說到這裡，許若一頭越來越低。

「我難道很怪嗎？」她忍不住問了一句。

「你不怪，你只是生病了，去做個測試吧，沒事的。」醫生把檢查開上，把卡遞給許若一。

許若一去做了測評，將近一百道題，她也不知道怎麼答完的。提交後，她出了門等著。

測評結果出來了：重度抑鬱，存在躁狂症狀。許若一早料到如此，心中也沒有多少波瀾。倒是張若安有點急。

「你就不用擔心了，我沒事。」許若一給張若安說道。進了診室後，醫生又和她聊了一會，讓張若安進來。醫生問他：「你感覺你朋友最近怎麼樣？」

「還好吧，她是那種受了委屈也不說的女孩子。平時也

就看看書，也不說話，我們叫她去玩她也不去，所以我們就很愁。」

「不用愁，她這個病會好的，平時多注意她一下，有什麼事就趕緊過來，你讓她進來吧。」

許若一走進來，輕聲問道：「怎麼了？」

「你把阿姨的電話記一下吧，有什麼問題就打我電話，我都會回覆的。」「謝謝阿姨，那我們走吧，阿姨你忙吧，再見。」許若一拉著張若安走了。陽光明媚，灑在許若一的身上，走在路邊，開得灰頭土臉的小野花，花莖彎了下得，像是在問好。

告別了張若安，許若一打算去公園走走。她走在柔軟的草坪上，看著戲耍的孩子們，一起唱歌合奏的老人們，強烈的陽光曬得她白皙的皮膚發紅。許若一焦慮躁動的心慢慢地平靜。

「砰！」一聲巨響傳出，撞到了人。許若一揉了揉發紅的額頭，剛想說話卻被那個搶在先。一個女聲傳出：「抱歉，撞到你了，我剛剛走神了。」

「哦，沒關係，你沒事吧？」許若一現在才看清她的臉，齊肩長髮，女生男相，很大氣的長相。看到她的那一刻起，許若一感覺心跳加速，呼吸都慢了半拍，好像時間全部停止，周圍的一切都凝固起來。

「沒事沒事，我叫林墨，今年 20 歲，是一名大學生，很高興認識你。你叫什麼名字呢？」

「哦，那個，我叫許若一，今年 14 歲，我們交個朋友吧，好不好？」許若一從來沒有過這種感覺，感覺很奇妙，心裡一直有個聲音告訴她：她和別人不一樣。她高興地說：「當然可以了。」她們走了一路，聊了一路。許若一很開心。告別時，她們留下了對方的聯繫方式。

許若一魂不守舍地來到了李恩哲的咖啡館，腦子裡全是林墨對她說過的話，總是回想到她的側臉。

「許若一，你臉怎麼這麼紅，中暑了嗎？」李恩哲問道。「唉呀沒有，就是有點熱。」

許若一用吸管攪著奶茶，漫無目的問李恩哲：「恩哲，你相信一見鍾情嗎？」

李恩哲噗哧地一下笑了，走過來坐到了許若一的對面位置：「怎麼啦？喜歡哪個小男生了？」「就不能是女生嗎？」「當然可以了，愛情不分性別。」

「對方那個人怎麼樣啊？叫什麼名字，對你還好嗎？」李恩哲一下連問了三個問題。

「她……挺好的，叫林墨，她對我……」許若一臉越說越紅：「唉呀不和你說了，你別問那麼多了。」許若一拿起包就走了。李恩哲看著許若一的背影調侃道：「害，惱羞成

怒了。」

「許若一，你不是很厲害嗎？拒絕了我，現在還不是落在我手上。」「不要，救命啊！」許若一被綁起來，面前的兩個男生，是曾經追求過許若一的，但最後都被她拒絕罵走了。「操，真他媽是個狗女人。裝什麼假正經，趕緊上了吧，都哭成淚人了這小模樣怪心疼的。」

「不要！！！」許若一驚醒，猛地從床上坐起。渾身的汗，眼淚控制不住地往下流。

都這麼長時間了，能不能放過她。

第二天，許若一精神恍惚，頂著兩個黑眼圈去了咖啡店，店裡只有張若安和李恩哲，甜甜不在。好可惜，她甜美的寶貝不在。

「許若一，你臉色怎麼這麼差，快過來坐會吧。」張若安準備拉許若一坐到位置上。「不要，別碰我！」許若一跑到一個角落裡，自己縮成一團，渾身都在顫抖，弓著背。眼淚如斷了線的珠子，控制不住地往外流。

「怎麼了許若一，出了什麼事？」李恩哲和張若安看到許若一這樣，連忙走上前準備拉她起來。

「求你們了，別碰我。」許若一已經失了魂，仰著頭不停流眼淚，像一具行屍走肉。張若安和李恩哲被嚇了一大跳，趕緊打電話叫鄭甜甜過來：「甜甜你趕緊來吧，許若一現在

狀態很不好，我們靠近她就哭。」

　　鄭甜甜跑到了咖啡店，看到許若一這樣也嚇了一跳，不過當務之急是要安撫住她的情緒，把她拉起來。鄭甜甜用哄寶寶的語氣和許若一說話：「若若，是我，我是甜甜啊。」

　　「你是甜甜？」

　　「對啊是我，不哭了好嗎？」許若一聽到她的聲音，看清她的臉後，便抱住她痛哭起來。

　　「好了好了沒事了，我在呢，我們先起來好嗎？」甜甜把許若一扶了起來，把她拉到最角落的地方裡，隨後轉過去告訴張若安和李恩哲：「你們先回避一下吧，我問問她怎麼回事。」

　　「若若，出什麼事了？告訴我好嗎？」許若一的情緒漸漸平穩，慢慢地說：「以前的事。」「事出有因必有果，說出來會好點，沒關係我不會告訴別人的。」「我做噩夢了，夢到以前追求我的人強姦我。」「啊，這……」甜甜有點懵了，不知道該說什麼好。「是不是以前出了點事情？」「對。」「能方便告訴我嗎？」

　　我……他們。」許若一還沒說完，就放聲大哭起來。太累了，太難過了。該怎麼說他們能理解，這些事情雖然在別人看來是雞毛蒜皮的小事，可是一件件，對於她的傷害是不可逆的。甜甜把她抱在懷裡，輕輕勸慰著：「慢慢說，沒有

關係的。」

「在我六歲那年，我第一次上小學，要去做體操。我們排隊出校門，一個男生強吻了我，他的口水還留在我的臉上，那時候我什麼都不懂。還有一段時間，我被班裡男生猥褻，摸我的屁股，掀我的裙子。到我六年級的時候，我在網上被性騷擾，被當成妓女。還有一次，我在路上走，一個年齡可以當我爺爺的人緊貼著我走，我現在還都記得他猥瑣的面貌和泛黃的牙齒。我從來都不敢說，因為我明白，這個世界對女孩子的惡意真的太大了，每次都是受害者有罪論，傷害者卻只是輕於鴻毛的懲罰或是根本沒有懲罰，而且人們肯定會說那些男生還小不懂，這都沒什麼。可年齡小可以拿來當擋箭牌嗎？事情雖小，但是這些對我傷害非常大，受到的創傷是不可逆的。我不明白這個世界到底怎麼了，為什麼會變成這樣。」

許若一接著說：「現在就連我爸爸碰我一下，我都會噁心難受想吐。自從我被傷害的那一天起，我就失去了我應有的東西。我太痛苦了，我有無數次想問那些傷害我的人：我的東西在哪裡？把我的東西還給我。這些事情讓我以後遇到異性的人際交往，我都沒有辦法去處理好。它剝奪了我的感觀，剝奪了我生來應有的感情。做女孩子真的好難，要經歷無數坎坷，千防萬防。人們總是說女孩子要保護好自己，可是沒人告訴男孩子要尊重女性，不要去騷擾她們。這個世界

為什麼會是這樣的，受苦受難的人飽受折磨，而惡人卻大搖大擺，毫無愧疚感的活著。」

甜甜聽完，她緊緊抱住了許若一：「沒事的，都過去了。若若，你還年輕，將來一定會好起來的，會有每一個陌生人都對你微笑的，會遇到你的真命天子的。」

安撫好許若一後，甜甜去找了張若安和李恩哲，告訴了他們事情的經過。他們心裡百感交集，良久，張若安才吐出一句話：「這個世界怎麼會這樣。」轉頭走了出去，甜甜問他要去哪，他說出去買東西。

過了一會，張若安提著一大袋零食去找許若一說話：「若若。」「求你別這樣叫我，這樣我會難受。」「對不起了，許若一。」「沒關係，你提這麼多東西幹什麼？」

「哦哦，這是給你買的，我買了很多巧克力。我每次不高興的時候，都會吃很多巧克力，我不知道怎麼去安慰你，也許吃甜食會好很多，所以就給你買了很多巧克力。你要相信那些人會得到該有的懲罰，一切都會好起來的。」張若安說完，把一袋子巧克力塞在了許若一懷裡。「謝謝你。」

「沒關係，你想要吃什麼，想要幹什麼就和我們說，我們都會支援陪伴你的。」「謝……謝謝你們」許若一哭了，從來都沒有人對她這樣過，她終於知道了，什麼是陪伴，愛。

過了幾天後，許若一的情緒漸漸平穩了，她準備帶著年

年和甜甜去森林公園走走。走在路上，她看到路邊開放的小雛菊，湛藍純淨的天空，心情也好了很多。有人輕輕拍了拍她的肩膀：「許若一，是你嗎？」

「林墨！真高興見到你。」許若一的神情從驚喜轉到高興，真開心，終於見到那個讓她心動，興奮的人了。「小若一，你是要去哪裡呢？哇！這是你的貓嗎，真可愛。」

「啊，是的，它叫年年。我打算帶它和我朋友去森林公園走走，你呢？你要去哪裡呢？」

「我去和朋友聚會，打算去吃個火鍋。」林墨看了看錶：「時間不早了，我得趕緊去了不然就遲到了，下次再見了，若一，拜拜。」「嗯嗯，拜拜。」

見了林墨後，許若一一路都帶著笑容走到了森林公園，年年看到她的笑容，它也放鬆了很多。來到公園深處，許若一放下年年，舒服地伸了一個懶腰：「來到森林公園玩最好不過了！」其實不是森林公園好玩，而是許若一高興了，那看一切事物都是美好的。

許若一抱起年年，揉了揉它的頭：「年年，你知道嗎，她叫我小若一，我好開心。可年年只顧著小包裡裝的小魚乾，根本沒有聽許若一的話。她無奈地戳了戳年年的頭：你就知道吃，好不容易帶你出來一次你就這麼懶，光讓我抱，抱得我手又酸又痛，你都多胖了還吃。」

「叮咚～」一聲悅耳的鈴聲響起，是甜甜發的信息：「若若，你在哪啊？找不到你。」「我在這個大蘋果樹下。」

「哦哦，看到你了。」甜甜向許若一跑去：「若若，遇到什麼事情了？看把你高興的。」「哈哈是朋友啦。」甜甜湊向了許若一：「我不信哦，你到底遇到了誰？」「真是什麼都瞞不過你。」甜甜搖著許若一，撒嬌道：「唉呀快告訴我嘛，到底是誰？」

「好好好我給你說，你幫我看著年年，給她餵點吃的。」許若一把懷裡的年年交給她，甜甜拿出了小包裡的小魚乾餵年年吃。

「她叫林墨，是我一個月前認識她的，我當時在公園散步，撞到她了。我看她的那一刻時，我明白了什麼叫一見鍾情。於是我趕緊要了聯繫方式，不想就此白白錯過。她長得並不是驚為天人，女生男相，穿的也很普通，帆布鞋和白襯衣。」

「那挺好哦，真有你的。」甜甜打趣著許若一，繼續說：「那你平時聯繫她了嗎？有沒有說什麼？」

「沒有呢，我不好意思，想讓她主動聯繫我，可是沒有，我估計是她太忙了吧。」「唉呀你要主動，不然沒戲。」「可是我不知道她喜不喜歡女生啊。」說到這裡，許若一的語氣像洩了氣的皮球。「可以先做朋友啊，你這樣一上來就想這

樣，誰都會被嚇到的，一步步來。」甜甜安慰著許若一。

「那好吧，走吧回家吧。」

回到家後，許若一按照甜甜說的話，先與她聊聊當朋友，之後再慢慢來。不過林墨很忙，閒暇時刻回覆她也只有四五個字，不過許若一很開心。

過了幾天後，許若一的身體又有問題了。

她開始幻聽，聽到她父親在她耳邊和她說話，可是房間裡根本沒有她父親，只有她。還能聽到別人在喊她。外面轟轟隆隆的在裝修，她嚇得躲在被子裡以為是外面在打仗，她心中默念道：「不要殺我，不要殺我……」

她還感覺到有人要害死她，陌生男人要把她拐賣到鄉村裡給別人當生育工具，虐待，強暴她。還覺得自己會被關在密不透風的棺材裡，埋在土裡，死掉。還認為在街上有男人要砍死她。在臨床醫學上稱為妄想，她的這些妄想，每天把她嚇得不得安寧。出門必須要帶一把大的美工刀，裝在身上，放在口袋裡，和陌生男人走在同一條路上，都會手伸進口袋，緊緊的攥著美工刀，生怕他嚇一秒衝上來抓走她。但其實什麼事都沒有，大部分的陌生人都是對她很好的。可是這些，她真的控制不住，她已經被男人嚇怕了，沒有辦法去讓她當什麼事情都沒有發生。

她求救過，家裡人覺得她太做作，神經太敏感了，中國

這麼安全有誰會害她。可是許若一真的做不到不想這些，她的理性在這些想法面前，變的如此脆弱不堪一擊。

許若一去找了李主任，去做了測評，結果顯示：患者存在精神分裂症。許若一的那些妄想，幻聽都是精神分裂症的典型症狀。

精神分裂症是精神重疾，臨床上往往表現為症狀各異的綜合症，涉及感知覺、思維、情感和行為等多方面的障礙以及精神活動的不協調。典型症狀有：幻聽，幻覺，被害妄想，精神紊亂。沒有治癒率，只有復不復發。

許若一已經麻木了，怎麼樣她都無所謂了。得了精神分裂症的她就像自己破碎了一樣，怎麼也拼不起來，就算拼起來，也是模糊，雜亂的。

張若安和甜甜還有李恩哲知道了這個消息，看著一直哭的許若一，忍不住的心疼她，統統去安慰她。

「若若沒有關係的，我們好好吃藥好好治療，會好起來的，不要去把這個東西看的太死板。」

「對呀許若一，沒事的，像很多慢性病也是這樣的呀。高血壓，糖尿病，心臟病……他們都需要長期服藥。你放心，不會有事的。」

「好了別哭了許若一，我們都在呢。你有什麼煩心事就和我們說。我上網查了，只要積極治療，大部分人都可以過

上正常的生活的。」

　　許若一擦了擦眼淚，極力控制住自己的情緒，向他們鞠了一躬道謝：「謝謝你們了，不過，我想自己一個人靜靜。」隨後拿上包離開了。

　　回到家後，許若一趴到桌子上默默的流淚，心裡想：「我真沒用，還要他們去安慰我一具行屍走肉，我值得嗎？」

　　大概過了一個鐘頭，她調整的好一些了。不知道為什麼，她想她，想林墨。於是給她打了電話：「林墨姐姐，在忙麼？」

　　「怎麼啦小若一，等下，你怎麼哭了？」

　　許若一哽咽著說：「沒事，真沒事。」

　　「你是不是遇到不順心的事情了，你在哪呢，要不要出來和姐姐說說話？」

　　「那樣太麻煩姐姐了。」

　　「沒事的，我現在也有閒置時間，在瑪麗咖啡館裡見可以嗎？」

　　「好吧，麻煩姐姐了，謝謝姐姐。」

　　許若一掛斷了電話，心中非常高興，也有些覺得麻煩人家，於是裝上了她前不久做的曲奇餅乾，換了一件她最喜歡的裙子出門。

　　來到了咖啡館後，林墨還沒有來，於是找了個座位等她

的林墨姐姐。過了一會兒，店門被打開，她的林墨姐姐風風火火的趕來了。許若一看到林墨後，心跳又慢了半拍，直到林墨叫她，她才反應過來。

「小若一，你怎麼啦？」林墨看到許若一呆呆的，問了一句。「哦，那個，姐姐你來了，坐吧。」許若一這才反應過來，邀請林墨坐下。林墨看到了許若一哭腫的眼睛，發問了心中的疑惑：「發生什麼事情了？你怎麼哭成這樣了？」

「我……我其實是個精神病患者，從我十二歲開始，我就得了抑鬱症。因為很多的事情刺激著我，我的抑鬱症就成了頑固性，前幾個月轉為躁鬱症，今天確診精神分裂症。這是精神重疾，我不知道我怎麼辦了，不知道接下來的路該怎麼走下去了。」說到這裡，許若一已經哭成了淚人。

林墨從包裡取出紙巾，輕輕地為許若一擦去眼淚，溫柔地說：「沒關係的，你只是生病了。這個世界確實對精神病人抱有偏見，但是以後一定會好起來的。以後有什麼難過的就和我在微信說，或者見面說，我雖然忙，但是有閒置時間一定會和你聊天的。我打從心底裡把你當成我的妹妹，希望你也能在心底把我當成姐姐。」

許若一愣住了，她看著為她擦眼淚的林墨姐姐，林墨姐姐從來沒有這麼好看過。並不是因為她的衣飾，她今天穿著依然很樸素，但是戴了眼鏡。可能是她為她擦眼淚的時候，

她的聲音，她的動作，她的溫柔體貼，讓許若一被驚豔感動到。

「謝謝你，林墨姐姐。」

「不客氣的，小若一。現在感覺好點了嗎？」

「嗯嗯！姐姐，這是我做的餅乾，送給你。謝謝你今天過來陪我。」許若一從包裡拿出餅乾，遞給了林墨。

「哇！小若一，你還會做餅乾，這我必須收下，謝謝你了。既然你現在沒事了，那我們走吧。」

和林墨告別後，許若一準備坐公車回家。公車到了，她坐在最後一排，拿出耳機聽歌，頭倚在透明的視窗上，玻璃印出許若一複雜的表情。她聽的歌，就是她心裡想說的話：

我和你的距離，一眼無法看清。

所有複雜情緒，莫名都因為你。

我以為的差距，不過是背對而已。

平行線交會的瞬間，是你才有的奇跡。

每一次再一次你慢慢的靠近，告訴我都是心跳的證明。

許若一知道，自己已經愛上林墨了。她深陷情網不能自拔。她也不知道為什麼，林墨沒有一點在自己的理想型上，而她還是義無反顧地喜歡上了。愛情真的很奇妙，它能讓一個人心裡的魂被勾住，你會很想很想和她在一起。而且愛情

還能化為動力，為那個她而努力學習工作，成為更好的自己。

許若一回到家後，從抽屜裡拿出粉紅色的信封，粉紅色的信紙，粉紅色的貼紙，拿著筆準備寫。不過不是要送給別人，只是自己寫，把對林墨的感情用筆記錄下來：

玫瑰有花期，但我對你的愛沒有期限。

你是天空中獨一無二閃耀的太陽，而我是借助你的光芒在夜空的星星點點。

你的光芒在潘朵拉的盒子裡，怎麼也收不住。

我會永遠永遠的愛你，記住你全部的聲音。

小姑娘的筆跡青澀稚嫩，讓人一看就覺得是個小孩子寫的。寫好後，許若一小心翼翼的把信紙放進信封裡，貼上可愛的貼紙，完工！隨後她把信夾在了最喜歡的書裡，放在了書櫃裡，也不擔心有人看，因為爸爸媽媽從來不看她的書。

寫完信後，許若一拿出了自己的日記本，之前的日記本被她丟掉了，所以買了個新的。新的日記本是白色小羊皮的，簡約又大方。翻開第一頁，打算記錄下來她與林墨的羅曼史。

許若一寫道：今天我們見面了，出門前我精心打扮，換裙子弄頭髮噴香水，可惜還是被敏銳的你看出我發紅的眼睛。雖然有準備，但見到你心跳慢了半拍。你的聲音好溫柔，戴著金絲框眼鏡真的很有魅力。想用不經意的眼神多看你幾眼，但又怕自己的眼神透漏出蠢蠢欲動的野心。

經過你對我的勸說，我心裡的煩惱煙消雲散。我變的更喜歡你了。一看到想到你我就心跳加速，初戀是如此美好珍貴，你仍是我的滿心歡喜。

　　我愛你，林墨。你要好好的。

　　過了幾個月後，許若一十五歲了。

　　她為自己寫了一封信：

　　十五歲的許若一：

　　你好！我是十四歲的許若一，時間過的真快，還有一天你就十五歲了，長大真快，忙忙碌碌的一年就這麼過去了。如果要說我這一年最大的收穫是什麼，就是看了十幾本書，遇到了我愛的人。

　　這一年，我跌跌撞撞，經歷了人生以來最大的變故，奔潰過，哭過，難受過，笑過，感動過但最後還是克服了過來，我相信下面的路會走的越來越好。

　　這一年，你總是否定自己，認為自己學習不好，什麼也做不好。其實不是這樣的，我希望你能自信起來，相信自己，你超好，超級無敵好。

　　你可能認為自己是一個不被大眾理解認同的人，我希望你有時不要太過在意外界的聲音，有你的朋友陪著，有你的年年陪著，有愛你的人陪著，你終將有一天會被接納。

　　我希望你在新的一年裡，病能快快好起來，睡個好覺。

少吃外賣。有時間就多出門走走，看看書學習，做到依舊喜愛鮮花和文學，珍惜你和超級超級好朋友的友誼，成為更好的自己。

我愛你，十五歲的許若一。

「叮咚～」一條消息發了過來，是張若安發來的消息：許若一，你什麼時候過來呀？給你過個生日，蛋糕都買好了，快點來哦。她迅速打字將訊息發了出去：馬上就去，等我。許若一穿好衣服出門，走到咖啡館，透著玻璃門看到裡面一片漆黑，也聽不到聲音，也不知道這些傢伙在搞什麼名堂，難道關門了嗎。她象徵性地敲了敲門，還是沒有聲音，於是推開門進去。

在她走進門的那一刻起，店裡的燈亮了起來。一聲響聲發出：「砰！」五顏六色的禮花從花筒裡跑出來，落在了許若一的身上。「生日快樂，許若一！」許若一拍了拍身上的禮花，笑著說：「你們要 嚇死我了，我猜的十有八九你們在搞些什麼名堂，看來我沒猜錯。甜甜拉著許若一坐到位置上：「好了快過來吧，我們買了好多好吃的，還有蛋糕呢。」

一隻小狗向許若一撲過來，撒嬌要抱抱，她看到驚喜地說：「張若安你都把飯糰帶來了。」「對啊，為了給你過生日，全員出動，飯糰也包括在裡面。」「哈哈你們可真好。」

大家吃完飯後，李恩哲把蛋糕拿了上來，是一個草莓蛋

糕，許若一最愛吃的。她把蠟燭點上，張若安幫忙關了燈，甜甜和張若安還有李恩哲為她唱起了生日歌：

「祝你生日快樂，祝你生日快樂。」

「happy birthday to you，happy birthday to you。」

「若若，許個願吧。」

「好的。」許若一閉起眼睛，在心中默默許下願望：新的一歲，我希望家人和年年能平平安安健健康康的。和甜甜，張若安，李恩哲的友誼能長長久久的走下去。還有林墨，我希望我 15 歲，25 歲都能一直愛你，一直是我向前努力的動力。我愛大家。

李恩哲發問：「你許的什麼願望啊？」

許若一嘿嘿一笑：「願望說出來就不靈了。」

「對了，該給你生日禮物了。」張若安拿出一封信，一個粉紅色的拍立得相機，說：「你之前說的，生日想要我們每個人的一封信，我的給你了。這個拍立得相機是希望你以後，看見美好的事物或者開心的時候都能用相機記錄下來，生日快樂。」

「這是我的。」甜甜也拿出了信，還有一個棉花娃娃，放在許若一的懷裡，緩緩地說：「這個棉花娃娃我挑了好久，終於挑到一個像你的。我也有一個，我每次不開心的時候都會摸摸她。希望這個棉花娃娃能在你不開心的時候治癒你。」

若若，生日快樂，愛你哦。」

「還有我的。」同樣，李恩哲把信給了許若一。然後又將一本小說交給了她，是她一直想要的《人類簡史》原版進口圖書。「我也不知道該送什麼好，那天你過來玩，向我提了一嘴，所以我就給你買上了。希望你能多看書學習，擁有更豐富的精神食糧，生日快樂哦。」

許若一看著滿滿的生日禮物和祝福，感動的哭了。「誒誒，哭什麼，壽星要開心啊。」甜甜為許若一擦去了眼淚。

「我只是，真的，從小到大都沒有朋友，不，準確的是說人從來沒有這樣對我如此用心過，為我寫信，給我驚喜，謝謝你們。」

「好了好了，不要說謝了，在我們面前不用這樣。時間不早了，馬上天黑了。張若安，你送若若回家吧，她一個人不安全。」甜甜提議道。

「誒誒不用了，我自己可以的。」

「沒事，正好順路，我們一起走吧。」

「那好吧，謝謝啦。」

告別甜甜和李恩哲後，許若一和張若安往回走了。晚霞格外的好看，兩道紅雲平行線在粉色的雲朵裡。晚風吹在臉上，吹亂了許若一的劉海。路邊有許多小攤，有琳琅滿目的小吃，精緻可愛的飾品。一個賣花的小攤引起了許若一的興

趣，因為裡面有她喜歡的花，愛莎玫瑰。愛莎玫瑰有著潔白的花瓣，花瓣邊是粉紅色的，格外好看。許若一每次買花都會買幾支帶回家。

張若安看到許若一一直盯著愛莎玫瑰，便問她：「喜歡嗎？」

「挺喜歡的。」

這些玫瑰品質不錯，買回去應該可以養個大半個月左右，於是許若一問老闆：「這個玫瑰多少錢？」

「五十塊」

「這麼貴？！」一聽到這個數字，許若一吃了一驚。平常她買五支也就三十塊，這才三支就要五十。

「小姑娘，這花品質可好了，我進貨價也不便宜啊。」

許若一準備拉張若安走：「走吧實在太貴了。」沒想到張若安說：「你喜歡我就給你買，老闆二維碼給我，我付給你。」

老闆笑了笑：「還是這小夥子爽快。」

「你幹嘛我真的不要。」

「幾朵花而已，沒事。只要你喜歡，你開心，那都是值得的。這就算我第三件生日禮物吧，收下吧，別客氣了。」張若安把玫瑰塞在了許若一手上。

「那謝謝你啦。」

「不是說了嗎，我們之間不必謝。」

走著走著，就到家了。「那我走了哦，拜拜。」「拜拜，早點休息哦。」「你也是哦。」回家後，家裡人問她：「和他們玩的怎麼樣？」「挺好的。」「那就好，生日快樂哦，要開開心心的哦。」「謝謝啦。」

今天的生日很開心，但是許若一還想貪婪的得到一個人的祝福，那就是林墨的祝福。喜歡的人給她一個生日祝福，可以讓她高興好幾天。於是給林墨發了一條消息：林墨姐姐，我今天過生日，可以給我一個生日祝福嗎？沒想到林墨很快回了訊息：祝小若一生日快樂，平安喜樂，天天開心哦。

許若一開心壞了，馬上回了消息：謝謝姐姐哦。

許若一從小包裡拿出了他們送的生日禮物，將棉花娃娃擺在床頭，書放進書櫃裡面，拍立得相機放在抽屜裡。又拿出他們寫的信慢慢讀起來。

先是甜甜的：哈嘍，若若。今天是我們認識的二百八十天了，今天也是你的生日。雖然我們認識的時間不長，但是我已經認為了你是最好的朋友，永永遠遠的好朋友。一輩子的好姐妹，好閨蜜。你是一個堅強善良的女孩，經歷了很多事情卻能勇敢的的走下去，我很佩服你，希望你接下來的路沒有坎坷，一路生花。在我心中你一直是個超級霹靂無敵大

美女，希望你越來越開心，忘記生活中的所有不愉快。希望你能多多和我分享快樂美麗的事物。健健康康的做一個快樂的大美女。最後，生日快樂，我愛你。

然後是張若安的：我的朋友，許若一，你好！

首先祝你十五歲生日快樂，時間過的真快，我們認識已經九個月了。記得第一次在咖啡館認識你時，你穿著制服裙，清冷的氣質引起很多人的注意。其實想找你說話的時候我也費了很大的勇氣，怕你拒絕我，怕你不理我。但是我的潛意識告訴我，我要交你這個朋友。和你聊了幾句，我發現你沒有想像中那麼生人勿進。和你成為朋友，一起討論文學，一起和你還有甜甜和李恩哲出去玩，一起聊天隨時找我們。勇敢的去做自己喜歡開心的事情。希望你能快快的好起來，有不開心的記住，我們都在，是你堅強的後盾。

還有李恩哲的：許若一，生日快樂！願你天天開開心心，平安健康。其實每次你來到咖啡館幫我忙，教我做甜品，我都很高興也很感激你。其實當聽到你喜歡女生的時候，心裡也不是很驚訝。其實你也不必感到擔憂和苦惱，我們不會歧視你。當你說到你喜歡林墨時，我很好奇她是個什麼樣的人，後來想想，只要你開心就行，更何況你又沒有錯。無論你做什麼我們都會支援你，永遠安好，永遠快樂。

看完了他們寫的信，許若一心裡感激又高興，他們真的

特別好。是朋友，是很好的朋友，是重要的人，是陪在彼此身邊一年又一年的人。

　　過了一個月，許若一該備考了。因為落下的課太多，再加上她注意力不能集中。也不能去上課，所以就在家裡自學看課件，可效果並不是很好。她非常痛苦，奔潰。她以前是一個優秀的學生，可這個病奪了她的一切，讓她記憶力減退，呆傻，難過無力。沒辦法，她只好多刷題，一科買兩三本練習冊，開始練題，刷題。她得付出比別人多很多的努力，承受更多的失敗。語文英語可以自己學，英語她背單詞，容易忘就多抄幾遍。錯的短語就寫到便利貼上貼在書上。語文每次課文讀兩遍，背解詞，不會的生僻字標注拼音，如果有古詩了就背古詩。數學物理很難，是她的軟肋，沒辦法，還是刷題，請老師來輔導。

　　許若一每天都去自習室，早上醒來，洗臉，刷牙，穿好衣服後出門。坐公車去，她喜歡聽著歌看著窗外的風景，今天很美好。到了自習室後，放下東西後去樓下的咖啡店吃早餐，點一份提拉米蘇和一杯檸檬紅茶。吃完東西後回到自習室，開始一天的學習。同樣，還是刷題，勤學苦練才是真正的好辦法。許若一必須得努力，雖然不只有學習一條的出路，但是學習是最好的出路。等學到五六點時，許若一收拾好回家要看的書就準備走了，打車回家。到了家後，她倒在床上休息。年年突然撲到她的懷裡撒嬌，圓溜溜的大眼睛直盯著

許若一，她被逗笑了：「年年，怎麼這樣看著我？」

休息了一會家教老師來了，開始輔導補課，補完課後許若一又自己學了一會。隨後吃飯，洗澡，休息，一天就要結束了，她要養足精力，以待明天的學習目標。

甜甜還有張若安還有李恩哲都紛紛鼓勵她：加油！許若一，你一定能行的。再努力一下，再堅持一下，前面一定是一片花路。莫問前程凶吉，但求落幕無悔。成績只是個數位，只要你努力了，不後悔就可以。不要太去在意自己的錯題，在學習的道路上沒有不會錯題的，錯了我們就去改正，就去學，沒關係的慢慢來。要學會看到自己的好，對一道題也是對，要有樂觀的心態。

很快就到了考試了日子，許若一到了考場準備考試，在做題的過程中，她有一部分不會的，其他部分她都答了下來，八科卷子，她做的精疲力盡。

這時廣播響起：「同學們，考試時間到。請監考老師收試卷，同學們按順序離開。」

過了幾天後，出成績了。許若一打開了查分系統，螢幕上顯示：親愛的許若一同學，你好！你的成績總評分是 B，希望你繼續加油，好好學習。」她喜極而泣。她做到了，真的做到了。

甜甜和張若安還有李恩哲為她開了慶祝派對。

甜甜開心地說：「乾杯！祝賀我們的若若取得好成績！」「嘿嘿，運氣，運氣啦。」張若安走了過來：「你不要這麼說，這是你努力的結果。我就相信你一定可以行的。」說著，和許若一碰了杯：「開心。」「你也是哦。」

「對不起，林墨姐姐，我來晚了。」許若一向林墨跑來，今天第一次和林墨姐姐出來玩，她一早就起來打扮，可是還是遲到了。「沒關係哦，我一直在等你。」「謝謝姐姐哦。」看到林墨如此善解人意，她笑了，喜歡的人真的是如此溫柔，如此美好。「小若一，你想去哪兒玩啊？」許若一想了想，決定去廣場走走，每次許若一不高興的時候就去走走。「嗯……我們去廣場散散步吧。」

廣場上有很多小朋友在玩遊戲，放風箏。還有相依相伴的老人在散步，廣場的噴泉也很好看，鬱鬱蔥蔥的森林訴說著生命的旺盛。還有貪吃的鴿子吃著遊客餵的食物。她們走在廣場上，許若一很開心，真想時光停止在這一刻。逛著逛著，他們就累了，打算去商場喝冰飲吃冰淇淋。

到了店內後，她們開始選冰淇淋，有奶油味，草莓味，芒果味，提拉米蘇味……看著就很好吃。許若一選了提拉米蘇味和奶油味，一個雙球華夫筒，還有一杯檸檬紅茶。林墨選了草莓和芒果味，裝在小盒裡。

「林墨姐姐，你很喜歡水果嗎？」

「當然咯，我很喜歡草莓和芒果，基本每天都會吃一些，補充維生素。」

許若一笑了：我也很喜歡呢，難怪姐姐皮膚這麼好，是吃很多草莓芒果吃出來的呢。」

林墨害羞了：「哈哈，小若一，你可真會說話。」

「姐姐你喜歡吃蛋糕嗎？我喜歡吃草莓蛋糕和芒果千層，我一般閑來無事都會做一些吃。」

「巧了！我也喜歡吃看來我們很合拍哦？」

許若一咽下嘴裡融化的冰淇淋，用不經意的語氣說了她壓在心裡好久沒說的話：「林墨姐姐，你有男朋友嗎？」

許墨聽到了，莞爾一笑：「現在還沒有，但是我以後想找一個體貼，尊重我，溫柔的男人。我很羨慕兒女福分，想以後生個小林墨，快快樂樂生活著。

許若一聽到後，有點愣住，雖然已經預料到結果，可還是有些難受，輕歎一句：「哦。」

吃完冰淇淋喝完冰飲後，她與林墨告別，坐公車回了家。一路上，她都心不在焉，一直在想林墨的話。兒女福分，想找男朋友，我這輩子沒機會了。她到了家後，換好睡衣她點了一個草莓蛋糕，送來後她一直在吃，奶油很甜，但是她沒有停下來吃，吃完後，她忍不住哭了一場。家裡人問她怎麼了，她也沒說。

她想嘗試放下這份感情，但是真的好難好難，她做不到不愛她，做不到不想她。她做的每一件事情，走的每一步路，都是為了她。可兩個人沒有機會在一起，難道我做的一切是徒勞嗎？她一直哭一直哭，她太痛苦了。還沒感受初戀的美好，就要失戀。

她漸漸平靜下來，自己好好想了一下。她之前和陳醫生她傾訴過對林墨的感情，想起了陳醫生為她說的話，天下有很多值得我們愛的東西和人，但不一定非要得到，可以時不時回味一下。慢慢的你可以把愛變成動力，不斷推動自己積極向上積極前，努力鞭策自己，不論在什麼位置上都要以她為榜樣。她想了想確實有道理。我喜歡一個人，我就要給她讓她想過的生活，她既然想結婚生子，那就由著她的心。如果我們真的在一起了，她不愛我，強扭的瓜不甜，那就是慢性自殺，她不想讓她那個美好的林墨姐姐過的不好。這不是懦弱無能，而是為了一切。許若一的眼淚滴落在日記本上，用寫來發洩自己。她哭著，顫抖的手寫了一段：

其實我已經很滿意了，

我至少知道你的名字，聽過你的聲音。

近距離聊過天，見過你的眼睛。

我很幸運，即使我很難過。

許若一漫無目地插著糕點，吐出一句：「好無聊，甜甜

你在看什麼書呢？」甜甜放下書後問她：「若若，你知道女權嗎？」「女權？女權主義？」她疑問地問道。「嗯對啊，我是女權主義者呢，你要不要也瞭解一下成為呢。」隨後，甜甜拿出手機，打開百度搜女權主義的意思給許若一看，光亮的螢幕黑白分明，一段字跳了出來。

女權主義是指為結束性別主義、性剝削、性歧視和性壓迫，促進性階層平等而創立和發起的社會理論與政治運動，批判之外也著重於性別不平等的分析以及推動性底層的權利、利益與議題。

女權主義又稱女權、女性主義 、婦女解放（女性解放）、性別平權（男女平等）主義。

女權主義政治行動則挑戰諸如生育權、墮胎權、教育權、家庭暴力、產假、薪資平等、投票權、代表權、性騷擾、性別歧視與性暴力等等的議題。

許若一仔細地看了看，好深奧。不禁也有些好奇，她問甜甜：「會不會很難懂？」「不會的，我這本書就是關於女權的，叫《厭女》是上野千鶴子老師她寫的。「恩哲還有一本呢，甜甜轉頭向裡面房間大聲道：「恩哲，把關於女權的書拿出來一下，若若想看。」過了一會，李恩哲出來拿了一本書邊說：「來了來了。」他把書放在桌子上，給許若一講：「這個不難懂，你可以慢慢讀，她的觀點我覺得很好。」於是許

若一拿了兩本書放在包裡，笑著和她們說：「那我回家看看，我走了哦，拜拜。」「拜拜。」

　　許若一回到家後，靠在床上，把上面的燈打開，準備慢慢讀。首先是厭女，她是跳著讀的。讀了一篇男性同性社會認可，書中寫道：現代社會怎麼樣算他是一個男性？生理，精神上的認可遠遠不足以。而是在男性群體中得到認可：「你算個男人」，達到男性群體中大部分認可的「標準」，他才能算男性群體中的一份子，也就是說：「好！讓你加入到男人世界來！」不達到男人世界規劃中的「標準」，會被群體歧視，驅逐。如女性化的男人。

　　這讓許若一想起了電視上的明星，還有最近很熱的話題：「娘炮形象等畸形審美必須遏制」一系列事件穿的沸沸揚揚，鼓吹「陽剛之氣」又做著用各種辱女詞彙「娘炮」「娘娘腔」辱罵不被男人世界認可的男性。許若一覺得很可惡，她對於這種如此厭女行為、歧視人的行為非常生氣和難過。

　　她又開始看《為女權辯護》同樣，是跳著看的。其中一章是兩性特質的普遍成見，在這章說道：「男性為了給自己的專制找到理由和藉口，發明了很多巧妙的言辭，以證明兩性應該致力於謀求極為不同的品質。他們就是想讓女性成為男性口中的「標準女性」，讓她們不許擁有該得到的才能，以獲得應有的「美德」。要去表現的溫馴順從的樣子去獲得歡心，這簡直是如此的荒謬可笑。

於是許若一又想到社會中男性對女性的標準條條框框。將「白瘦幼主流審美」還有最近風吹的很大的「純欲風」去洗腦眾人，她們被教導說：女性就該嬌小玲瓏，幼態可愛。性情要溫順、要表現得很聽話、這樣她們就能得到男人的保護，她們必須要漂亮，要去把注意力轉移在外表上去買服飾和化妝品上。他們是在說服我們把自己當溫順漂亮的奴隸，這可真是奇恥大辱！

　　看完書後，許若一心裡受到了很大的震撼，原來在生活中，點點滴滴都有厭女的行為。又有了無力感，她不知道怎麼改變。輕歎一句：「這個世界，為什麼是這樣的？」凌晨三點，許若一輾轉反側，怎麼也睡不著，腦子一直在回憶書裡的文章。於是她給甜甜發消息：「甜甜，睡了沒？」

　　「怎麼了若若？」

　　「我看完你給我的書後，我心裡真的大受震撼。我怎麼樣睡不著，也不知道該怎麼做了。」

　　「若若，我明白你的無力感。但是好險我們現在發現了，雖然我們現在只是兩個小孩子，做不到去立刻改變這些，但是我們可以從小事做起，比如捐款給小女孩，助她們上學，受到應有的教育。去愛女孩子們，不要去厭女，我們好好學習，等長大了我們好好工作，爭取為被職場歧視的女性爭取應有的權益。」

「我明白了，甜甜謝謝你，我知道該怎麼做了，你也早點休息睡覺吧，晚安。」

「嗯，晚安。」

過了一段時間之後，許若一再度住院。

李主任一再建議她做 mect（電休克），她也覺得不能再拖了。於是讓李主任開好了住院證，回家收拾行李準備住院。許若一為了清靜，經常偷偷跑出住院部躲到咖啡館裡看書，《人類簡史》真的很好看，越看越有興趣。陽光灑在她的病號服，灑在蒼白的手上，手上的血管清晰可見。手腕上戴著藍色的腕帶，手腕很細，感覺一折就會折斷。她淡淡的喝了一口檸檬紅茶，叉子反覆插著糕點。過了一天後，開始做物理治療，高電位治療，經顱磁刺激治療，生物回饋治療，腦反射治療，腦波治療。又開始做還有術前檢查，肺功能檢查，腹部，甲狀腺，心臟 B 超，麻醉評估，腦電圖，心電圖。

許若一要去做 mect 了（電休克治療）。李主任告訴她做完後就會好起來。但是許若一之前做過噩夢，夢到她去做電休克，可是並沒有麻醉，直接開始電，把她電死了，所以她很排斥 mect。但是李主任告訴許若一，mect 是一個很安全的治療方式，做完很多人都好了，治癒概率挺好的。但是就是會失憶，容易記憶力減退。於是她為了好起來，還是做了這個決定，要去做 mect 治療。放手賭一把，也許會有不一樣的

結果。

　　治療前一天，許若一有些害怕，害怕的是自己會一覺醒不來。和甜甜在微信聊天，看到許若一的消息，她挺生氣的，讓許若一不要想那麼多，不吉利。也有一點期待，第一次做mect，不知道是什麼感覺，會失憶嗎？會好起來嗎？晚上護士告訴她六小時禁食禁水，準備好明天打針。

　　一天過的很快，到了做mect的日子了。許若一很早起來洗臉刷牙。護士過來為她打了針，是留置針輸液，輸的是鹽水，針頭有些粗，但是還好不是很疼。過了一個小時後，護士和醫生都來了，大概五六個，還有一個做mect的患者。到了mect室，許若一將髮卡，手機，還有棉服交給了父親。

　　進了門診手術室，穿好鞋套。醫生向裡面的人喊了一句：「兩個電休克。」到了房間後許若一躺在病床上，等待做電休克。看到手術室的冰冷氣氛，許若一不禁害怕起來，渾身顫抖起來。醫生護士態度都很好。護士看到許若一的樣子便安慰她：「放心，不會有事的，別害怕，一點都不疼的。」聽到護士的話：慢慢逐漸心安了起來。護士先是把許若一用布綁了起來，防止做電休克時抽搐。然後貼上導電電極片，貼在額頭，鎖骨下方，肚子上。護士弄好氧氣吸入器，為許若一戴上了面罩吸氧。隨後把一個膚色的帶子幫在她的頭上，稍微有點勒，她也不知道叫什麼。最後就是消毒留置針，將麻藥從靜脈注射進去。過了一會，許若一就什麼也不知道了，

現在也想不起來。

　　等做完電休克後，許若一醒來後並沒有失憶。知道自己在做電休克治療，又在心裡回憶自己，我叫許若一，年齡15歲，我在住院治療。躺了一會後就起來了，並沒有什麼不舒服的地方，就是頭有點暈乎乎的。走到病房後，還要2個小時的心電監護，先是鼻子插上管子，然後將線連接上，就好了。護士推了車子過來，音樂療法開始了。許若一身上一堆線，很不舒服，不過兩小時很快，一會就過去了。就是電極片粘性太大，她跑去衛生間掀開衣服將它們撕開，疼得她呲牙咧嘴。

　　第一次電休克就這麼結束了。

　　許若一在物理治療中，遇到了兩個年齡相仿的病友，一個男生，一個女生，都對她很好。處成了朋友，沒有事情的時候他們就在走廊盡頭聊天，一起玩。給沉悶無聊的住院日子帶來了很多快樂。她的性格也逐漸開朗外向起來，和醫生聊天打招呼，主動開始說話。那個男生說他想去拍一部劇，帶許若一當演員。在聊的過程中她才發現，原來異性並沒有那麼可怕，並不是所有異性都是壞人。她前面總是躲著張若安和李恩哲，把人往壞處想，她所有的壞事情都是她想出來的。終於有了新的勇氣，可以去面對人際交往了，實際不是那麼難。

又開始了第二次電休克治療，許若一還是有些怕和緊張。進了手術室後，她躺在病床上，醫生問她：「第二次做還害怕啊？」她笑了笑沒說話。還是跟第一次一樣的流程。只是靜脈推進麻藥的那一刻起，好疼，實在是太疼了。她皺著眉頭忍了下來，不一會，她就睡過去了。醒來後特別困，她只想躺著睡覺，護士不斷搖醒她讓她起來。等出了手術室後，她也忘了她怎麼回的病房了。到了病房後，躺在床上昏睡了過去。到了晚上後，她開始頭痛欲裂，渾身疼，感覺跟發燒一樣，但體溫很正常。旁邊的病友給她了感冒藥，她喝完以後就睡下了。她在醫院的時候，病友都對她非常好，讓她吃水果，問她要不要給她倒水，這些溫暖的舉動，讓許若一很感激。

一個護士姐姐給她說：「之前住院是你姥姥來陪的你吧？」許若一很驚喜：「你還記得我？」「當然咯，我還記得你。」這讓她很高興，護士見過千千萬萬的患者，何況過去這麼久了，她還記得她，許若一很感動。

許若一開始做第三次電休克，她在手術室外漫不經心地玩著病服上的紐扣。等到了她後進入了手術室。冰冷的鹽水注入她的手背，眼睛無神地望著醫生們的準備工作，心情很複雜，但她已經什麼都不在乎了。麻藥推還是很疼。做心電監護時渾身的線，躺床上無神地望著天花板。為什麼是我得病，為什麼不是你們得病，明明有錯的不是我，為什麼要我

這樣人不人鬼不鬼地活著。我一次次地逃不過自我折磨，治療一次次做什麼用都沒有。

許若一有乾嘔的毛病，不知道什麼時候。食物在嘴巴裡咀嚼很噁心，會直接嘔出來。而且也吐不出來，去衛生間也吐不出來，根本不想吃飯。一星期瘦了三公斤。她不願意瘦，她想變壯，這樣就沒人欺負她。她側躺在床上，無力地望著天花板。一直懷疑自己得了厭食症，可又不太算。她不怕胖，沒有過分厭食禁食，只是噁心不想吃飯。

很快她的電休克做完了，後三次和前三次都一樣，沒有什麼太大變化。做完後就出院了，許若一很開心，終於能回家了。

許若一你看看，我做的這個蛋糕怎麼樣，能拿出去賣嗎。」李恩哲從烤箱拿出來自己做的蛋糕，遞給許若一嘗嘗。她嘗了一口，牙差點沒硌掉。「你這做的啥啊，跟石頭一樣，而且蛋糕液沒有攪拌均勻，我一吃裡面就有結塊的麵粉。「那我該怎麼辦啊，我不能光賣咖啡啊，別的咖啡館都有糕點，就我們的沒有。」「我再教你下吧，如果實在不行我幫你供應。」李恩哲笑了笑：「這感情好，謝了。」「你要做什麼樣的啊？」許若一問他。「你會做啥啊？」「麻薯包、蔓越莓餅乾、瑪格麗特餅乾、北海道戚風、牛角包、紅糖糍粑、奶油蛋糕、巧克力馬芬蛋糕、檸檬蛋糕、紅絲絨蛋糕、冰淇淋檸檬茶、乳酪蛋糕……」李恩哲聽了愣住了，喃喃說了一句：

「你咋這麼厲害。」「還好吧，你要學什麼？」「我想學巧克力馬芬蛋糕還有牛角包。」「行，我先教你巧克力蛋糕。」

　　首先，準備好材料，玉米油，牛奶，雞蛋，糖，低筋麵粉，可可粉和巧克力。「恩哲，你先幫我準備一下。」「好嘞。」等李恩哲準備好材料後，繫上圍裙，挽起袖子開始做。將玉米油、牛奶、雞蛋、糖混勻，乳化。「這裡記住了，一定要攪拌均勻。」所有粉類混合過篩，大致攪勻。「麵糊可以過篩一下，這步也可以不做，主要過篩了可以更細膩。」麵糊裡巧克力加入麵糊裡翻勻，擠到模具紙托，8分滿，大概能擠3個，表面撒巧克力裝飾。然後，170度25-30分鐘。過了半小時後，許若一將蛋糕取出，遞給李恩哲一個：「恩哲，你看看這個做的怎麼樣？」李恩哲嚐了一口，臉上都是驚訝的神情，非常好吃，味道太驚豔了。「我能喊你一聲媽嗎？」「啥？！為什麼啊？」許若一哭笑不得。「真的太好吃了，為啥你做的那麼好吃，我做的就成了石頭。」「沒事，你再做一次這個蛋糕，這次我手把手教你。」「OK。」李恩哲又重新做了一次，許若一給他指導。烤出來後還是跟石頭一樣。李恩哲自閉了，走到窗戶邊默默地發呆。許若一做了兩杯紅茶，走到窗戶邊給他了一杯。安慰他：「別難過啦，每個人都有不足之處，很正常，沒有關係。」「你給我供應吧，你七成我三成，可以嗎？」「當然可以了。」許若一很開心，這樣她就有錢了，可以存下來，以待來日。

「對不起，林墨姐姐，我來晚了。」許若一向林墨跑來，她今天為了和林墨出來，換了很多衣服，不知道哪件好看，又不知道噴什麼香水好，也不知道穿拿個鞋子好，就耽誤了。「沒關係，我一直在等你。」林墨從袋子掏出一個精緻的小盒子打開：「這是給你送的禮物，可不許推辭哦。」許若一很驚訝，隨後又轉為驚喜。「謝謝林墨姐姐，你真的好好。」「沒關係啦，可以打開看看哦，是不是你喜歡的。」許若一打開盒子，是一個非常精緻的平安鎖項鍊，中間一顆玉石鑲嵌在裡面，周圍是水鑽。「我希望這個項鍊能讓你平安喜樂，順遂無憂。」「真的太謝謝你了，林墨姐姐。」「好啦，感謝的話就不要說了，我們去轉轉吧。」他們在商場轉著，一起喝奶茶，一起吃飯，一起買衣服。走到一個書店，裡面的環境很好，有漢服店可以在裡面體驗，還有繪畫，diy 手工。有公共自習室，很多人在裡面工作學習。許若一輕輕拉著林墨的衣角：「我們也去買本書看看吧。」「好啊。」許若一選了《解憂雜貨店》，林墨選了《卡拉馬佐夫兄弟》。許若一問林墨：「林墨姐姐，你喜歡哲學嗎？這本書在哲學中很經典呢。」「是啊，挺喜歡的，之前是看的電子書，今天看到了實體書，就買了。」他們去了公共自習室看書，林墨很認真，許若一在看書的時候餘光看著林墨，又不敢多看，不太敢一直看她的眼睛，只是看她的側臉，因為許若一會害羞。害怕她問一句：「小若一，你怎麼一直看我啊？」她太美了，

太有氣質了。許若一都自歎不如。和林墨告別回到家後，許若一心中有些苦澀，初戀原來是不美好的，她愛的很辛苦。可是年少的喜歡是不帶權衡利弊的喜歡，洶湧的愛意遮擋不住，忘不了且會影響一輩子。林墨永遠是許若一心裡的白月光。她把林墨送的項鍊還有寫的信件全部放在一個黑色小盒子裡，這是她心中永遠的秘密。

許若一為了不想別的不好的事，又在日記本裡面寫自己關於文字的小短文：

關於文字——

—1—

我是一個對文字非常崇拜且臣服於它的魅力之中，卻又對它極其敏感到極致的人。為顯得廢話較少，我儘量從簡。

崇拜著文字，臣服於它的魅力其中。崇拜著能把樸實無華的文字造成一座座屹立不倒，撼動不到的華麗建築讓人感受到裡面獨有的，不被別人輕易理解的美。更敬佩著文化素養高的作家。

與其說用簡簡單單的幾個詞來說：崇拜，魅力，敬佩。

我有著更好的言語來講解這一切：我遇見了文字，它的魅力讓我陷入其中，讓我去崇拜。愛屋及烏，其中製造文字魅力的人讓我敬佩，成為了一種信仰。

—2—

自從生病以後，對文字的敏感程度直接飆升到最高，還基本都是負面影響。

老是寫作耳邊總能聽到負面聲音，腦瓜子嗡嗡的。各種負面情緒來了，簡直剎都剎不住了直接飆到 160 碼（所以說不能生這病，一旦黏上簡直就是造孽）

老是覺得自己寫的不好，自己給自己挑刺（說白了最大的敵人就是我自己唄）情緒一來，一股腦把自己寫的東西全刪了，找都找不回來。

氣的自己破口大罵：

「這他爹都寫的什麼玩意！」

「老子不寫了誰愛寫誰寫去！」

然後自己在閉環中無法自拔。

記得以前投稿編輯他們都說：寫的很好，文筆不錯。陳醫生還和我說，來了個文科學生向她說了我的事情。聽她驚歎：「她是天才！還拿了稿費！」

得了這個作孽病後，聽到他們的誇獎話，我覺得都是左右逢源的漂亮話。明明是讚美話卻總能聽到不一樣的聲音。

—3—

我將永遠對我的文字包有著忠誠熱愛，文字是信仰，雖然
目前還不是那種癡狂的地步，但我享受它的美好，是令人
所敬佩崇拜的一種清白高尚的信仰。

　　溫柔慵懶的海風輕輕在寧靜的夜晚吹到山上，吹著許若
一和甜甜的瀏海，他們一起坐在民宿的秋千上。「甜甜，你
又在發呆了。」許若一用委屈巴巴的眼神看著她，圓圓的臉
蛋上面濕漉漉的眼眸放佛要滴出水似的。「我現在腦子一片
空白，不知道想啥好。」「既然不知道想啥，那就快來吃東
西吧，燒烤已經好了。」張若安走過來叫許若一和甜甜吃飯。
「耶耶，吃飯了。」許若一開心地跑了過去。「甜甜，你覺
不覺得許若一最近心情挺好，開朗了很多嗎？」「我也是這
樣想的，只要她能開心就好，她肯定能快快好起來的，我們
也要多開導開導她。」「嗯嗯。」許若一走到燒烤爐旁，看
到肥的流油的烤五花肉，鮮香四溢的雞翅還有烤雞，不爭氣
的眼淚從嘴裡流下來。「我要吃我要吃，給我一個嘛。」許
若一剛想伸出手拿一個，李恩哲攔住了她：「你等一下行不行，
不怕燙啊。」「這在美食面前不值一提。」李恩哲拍了拍她
的肩膀：「快去幫我收拾一下桌子，一會就吃飯。」「好嘞。」
許若一收拾好桌子將烤雞，雞翅，五花肉紛紛端上來。張若
安和甜甜負責倒飲料和擺碗筷。他們開開心心的吃完飯後，

一起到山上看流星。許若一坐在山上，不自覺地熱淚盈眶。張若安問她：「怎麼了？哭什麼？」「以前我很孤獨，只有一個人，最大的願望就是和朋友在一起去玩，去山上看流星，一起唱歌。現在，我的願望終於實現了。」張若安笑了笑，告訴她：「實現了這一個願望，我們以後還有很多機會去完成更多的願望，我們會快快樂樂的在一起，做一輩子的好朋友。」「嗯嗯，真的很感激你們，能來到我的身邊。」許若一眼含淚水地說道。「我們也很感激你能來我們身邊呀。」

　　許若一，請開心肆意的大笑吧。

　　兩個月後，許若一準備復學了。去學校辦復學證明，由她的姨夫陪著她。那天雪花漫天飛舞，記得甜甜說過每一朵雪花形狀都是不一樣的，就像每個人個個都不一樣。但是雪花遲早會化成水，人也一樣，最後的歸宿是同樣的。

　　走到學校後，姨夫在外面等她，看著自己兩年沒有來過的學校，讓她傷心，被欺負的學校。直到現在，許若一路過學校，她都是閉著眼睛走。他們也在過他們的生活，我在他們的人生中可能只是一個短促的蟬鳴。可有的人給我帶來的傷痛無法揮去，他們也許忘了我，可我卻無法忘記。

　　走進教學樓後，老師讓她在走廊等著她。真巧，許若一對面就是她曾經待過的班。他們和老師開著玩笑，一直笑，那個欺負她的男生笑的聲音最大聲，他們仍然好好的，是吧。

許若一聽到他們的聲音，強忍眼淚聽完那個帶她進去的老師說的話，回到家後，許若一痛哭了一場。

　　為什麼都是受害人受苦受難閉嘴沉默受苦掙扎。而加害人卻逍遙法外能夠沒有任何心理負擔大搖大擺地生活。傷害你的人卻好好沒有心理負擔地生活，而受害的我們卻受著精神折磨。他們仍然活的很好，她永遠無法給自己一個合理的解釋來說明這一切是為什麼。受害人受了非人的痛苦，而加害人卻受到連皮毛都算不上的「懲戒」她真的好痛苦好痛苦，動手和沒動手的都一樣，傷害人的是校園霸凌，沉默的人是變相的校園霸凌。痛恨他們。許若一在奔潰的時候總有些極端的想法，真的想拿刀衝出去殺了他們，可是她的理智一直壓住了她。那是她過的最黑暗的歲月，導致抑鬱症焦慮症第二次發作。這個世界，真的是這樣的嗎？

　　許若一約了甜甜出來。她們坐在公園河灘旁邊的椅子上，許若一靠在靠背上，任晚風吹著她的頭髮，眼淚一個勁地流。甜甜給她遞了一張紙，問她：「想說嗎？」「微信大致說過了，就這個情況，我不想再提太多，不然我會很難過的。」甜甜歎了口氣，給她說道：「若若，我非常理解你的心情，他們做的也很過分。可是事情已經發生了，而且你也不能去改變，也不可能去殺了他們對吧？你還有我們，還有年年和你家人，你不可能會放下我們不顧一切去做這種事情吧？「「可是我就是想不通，憑什麼他們活的好好的，而我人不人鬼不鬼的，

我吃的藥量都無法消化，我不能去和解這些痛苦，這太不公平了。」「這個世界最公平的就是，每個人都會遇到不公平了。他們遲早會受到報應的，不是不報，時候未到。」甜甜繼續說：「你這樣折磨自己，傷害不到他們，他們還是快快樂樂地生活著。受傷害的只有你。你甘心，你願意嗎？」你要做的不僅是勇敢地活下去，而且活的比他們更好，你可以選擇去學習甜品，學習知識，學習文學，學習一切，以待來日。」「我真的可以嗎？」「真的，相信我。」「那好吧，今天謝謝你了甜甜。」「我們之間不必說謝謝。」

　　一個陽光明媚的午後，太陽透過玻璃窗照在少女的臉上，身上。許若一漫不經心地玩著勺子，眼睛看著天上的雲朵發呆。時不時喝一口檸檬紅茶插一塊提拉米蘇吃。咖啡館裡的環境很溫馨慵懶。她愛聽周圍的客人聊天，有的聊家常裡短，自己的孩子怎麼樣，有的是情侶在聊你愛我嗎？你在意我嗎？這種無意義的話題。許若一聽夠後，戴上耳機聽歌，給張若安發信息：「小子，你多久能到？是路上遇到能勾住你魂的人嗎？」發完消息後，許若一打開日記本寫日記：「今天天氣很好，甜甜和李恩哲都去別的地方玩了。我打算和張若安去咖啡館聊聊天也有段時間沒有見了，畢竟是好朋友，得多見見。但是這個憨批又遲到了，真不知道說什麼好。」

　　寫完日記後，許若一把本子放在小說底下，慢慢看起了《蛙》。讀完了《豐乳肥臀》是對偉大的母愛而感動。而讀

《蛙》確實滿滿的無奈還有說不出話的感覺，五六十年代的人計劃生育，只許生一個，多生的婦女強制拉去做流產手術。而對比現在三胎政策，真是滿滿的諷刺。

　　「叮咚～」一聲悅耳的鈴聲響起，是張若安發的信息：別生氣別生氣許若一，這個司機不認路，繞了三圈還沒到，馬上到。過了一會，張若安找到了咖啡館，推開大門就看到了許若一：「許若一許若一我來了。」「你不要大聲嚷嚷的，別人都看我們好尷尬。」「沒有吧，我聲音不大啊。」張若安把包放下去點咖啡了，走向櫃檯和員工說：「姐姐，一杯美式咖啡不加糖，一個司康。再打包一個提拉米蘇。」張若安取了咖啡和甜點後回到位置坐下，將蛋糕盒遞給了許若一：「給你的蛋糕，我看你每次都點這個，帶回家吃吧。」「唉呀不用不用，幹嘛給我買呢，你這樣會讓我不好意思。」「這有什麼的，收下吧。」「好吧，謝謝你哦。」「我們之間不必說謝謝。」許若一和張若安聊了聊文學和哲學，又開始聊家常。就是一些飯糰和年年好不好，咖啡店生意怎麼樣，哪家飯館的飯菜好吃一些無聊的話題。陽光曬到許若一的臉上，胳膊上。許若一真的好白，而且白裡透紅，臉上像擦了淡淡的胭脂。「許若一，你真的好白，皮膚好好。」「哈哈沒有啦，我爸爸白，我遺傳了他。」張若安喝了口咖啡，問許若一：「許若一，我很好奇，林墨她是個什麼樣的人，你為什麼會喜歡她呢，有什麼原因呢？當然我沒有怪你和其他的意思，不要

多想。」「嗯嗯我沒有多想哦。」許若一繼續說：「說實話，她確實長得很普通，但是是很大氣的長相，非常有氣質。」

　　但是我就是覺得她是全世界最美，最棒的人，最好的人。甜甜說我情人眼裡出西施，哈哈，我並不覺得這麼認為。她非常非常溫柔，每次我不開心的時候都會聽我傾訴和安慰我，那次她直接風風火火的過來找我，為我擦眼淚，告訴我只是生病了，生活會好起來。那算是第二次動心吧。她溫柔的聲線，溫暖的舉動都能撫慰我的壞情緒，我真的真的好喜歡她。」「我明白。」張若安突然說了一句，隨後繼續說：「在你說的過程中，我看到你眼睛裡的滿滿的愛意，藏不住的。好了，你繼續說吧」「好的。」許若一喝了一口檸檬紅茶，又開始繼續說：「至於我為什麼喜歡她呢，我自己也不清楚。在我的人生中，有男生追求過我，表白過，有我有好感的也有過。可是我做不到喜歡他們，我討厭別人說學生時代要談個男朋友一起進步，我幹什麼要和一個不喜歡的人談戀愛呢，為了談戀愛而談戀愛真的好沒意思。後來我也遇到了很多的人，有男生有女生，他們對我很好，我也對他們很感激。但是我做不到去與他們交往，只想當朋友。我從來沒有動過心，但是在我枯燥無味的生活中，我遇見了她。那個時候，我才明白什麼叫一見鍾情。初戀的感覺真的太美好了，你做什麼事情都有動力，心情也會很好，每次見到她的時候都會心悸。腦子想到她的面孔就會不由自主的笑起來。但是初戀也是很

苦澀的，她說她想結婚，想有一個女兒。我雖然不太覺得這個理想很好，但日子並不是我過，她只要開心幸福，什麼都好。可是我心裡還是有些苦，我再喜歡她她也不屬於我，我再留戀她也註定得放手。我只希望她能找到一個真正屬於她的真命天子，我希望她能找一個自己真正喜歡的人。」說到這裡，許若一難過了起來。過了一會兒哽咽的說：「雖說愛是神聖的，美好的。但是還是覺得我的愛不會被大眾接受的，同性戀這個詞一直飽受爭議，生活中的歧視調侃都很多。連我自己都有些覺得自己怪。」張若安突然打斷了她的話：「你的愛不怪，你也是。同性戀只是一個再平常不過的性取向，不要再去為了想，佔據你的大腦。有的時候，默默守護也是一種愛。你可以把這份感情藏在心裡，把你的這份感情轉為動力，好好學習，努力成為和她一樣的人。你可以給她送你做的餅乾蛋糕，你們倆依然可以過一段美好的時光，那也挺好的呀。」「我明白了，謝謝你哦張若安。」張若安笑著擺了擺手：「不客氣。對了還有一個問題我們一直都很好奇，你說有人追你，他們是怎麼樣的人啊？」「哎這個，說來話長，我得慢慢說。」「現在可以嗎。」「行，我想想。」

那一年，許若一十二歲。

他們都在同一個小學，隨後一起升入初中。分班考試後，那天風很大。用小孩子的話來說，老天爺在扇扇子。許若一和喬雅安邊說笑邊走出來，吐槽卷子題目有多難，剛剛的老

師有多一言難盡。走出了校門口，看到了暑假向許若一表白的 A 了。說到這裡就得講講這件事了，A 在暑假的時候與許若一聊天，先是聊了聊小學畢業的不捨，然後又突然說，不要把聊天記錄給父母看，許若一有點懵，都正常的聊天為啥不能給父母看。過了幾天後，許若一和朋友去和朋友看電影，A 問她在幹嘛，反正和朋友出來總要自拍的，自拍了一張順手發給了 A。過了一會兒，A 發語音說：「許若一，你來找我可以嗎？我想找你聊聊天。」「為什麼？」許若一感到很奇怪，兩個人有啥可見的。可是他重複說要她來，沒辦法許若一還是赴約了。晚風吹著許若一。見了兩人沒說什麼話，只是簡單聊了聊天，就走了。第二天就給許若一表白過，她很謝謝他的喜歡，但是她真的不喜歡他，而且根本沒有結果，於是就婉拒了。

　　許若一升入了初中，學校搞校慶活動和運動會。也就是那個時候那個組長刁難她。不過不想再提這個了。運動會開始了，班裡的人都穿了班服，藏藍色襯衫和黑色褲子。許若一紮著高馬尾，領帶打的很整潔，衣服有點緊，少女的身姿顯了起來。趁著大家都在沒有注意同學們亂跑時她去找了喬雅安：喬雅安，最近怎麼樣？」「挺好的，你呢？」「我就那樣吧，班裡那幾個傻逼你懂的。」「別理他們，都是他們的錯，你不要生氣。」一個男生跑過來：「許若一。」許若一轉頭看到了 B，他也是她的小學同學。「你好呀，最近怎麼

樣。」許若一笑了起來，無意中稍微歪了一下頭。B 愣住了，喃喃說了一句：「你今天，真好看。」「謝謝你哦。」許若一聽到了班級老師的聲音，要求集合了。「我們班要去集合了哦，B 再見了。」許若一給喬雅安說：「拜拜哦，我走了，你也要小心哦。」「嗯嗯，拜拜哦若若。」喬雅安對 B 說：「走吧，我們也去集合吧。」「哦，嗯嗯。」這時 B 才知道，許若一和大家的初戀都有相同的特徵，高馬尾，長相清純，真的美好。

　　如果 A 和 B 能這樣就止步於此，也不會鬧到現在尷尬的關係，並且讓許若一厭惡。

　　過了一段時間，他們總是騷擾許若一。A 總是給她發沒有意義的消息，許若一特別煩，問他能不能互刪。他開始罵她：「滾犢子！操你媽的什麼玩意！」許若一一下就火大了，發訊息問他：「操我媽？你怎麼罵人這麼髒，有沒有素質？到底是誰滾你心裡很清楚。」A 又開始迷惑行為了，繼續說：「你好像變了，變絕情了。」許若一懵了，腦子裡一百個問號。後來和甜甜說，甜甜戳了戳許若一的腦袋：「你怎麼罵那麼輕，只有最簡單的嘴臭才是最極致的享受，要是我的話罵死他，我可是能把死人罵活過來。」「哈哈。」許若一被逗笑了。然後 A 又給喬雅安說了話轉告給許若一：「我想好好保護你，也想默默陪著你。」許若一聽到嚇了一大跳。躲在被子裡面把全身蓋住，嚇得不停發抖，不知道為什麼，她老覺得家裡

有監控 A 在看著她，因為 A 說的話讓許若一毛骨悚然。她都已經明確了自己的態度，為什麼還要這樣。和喬雅安吐槽過，喬雅安吐槽到：「這個人有神經病嗎，你都已經拒絕了他跟個狗皮膏藥的粘著你，怎麼這麼煩啊。」「我已經不想理他了，昨天把他罵了一頓就刪了。」「那就好。」隨後許若一把這件事告訴了父親，那天放學，喬雅安聽許若一的話，把 A 帶到許江面前讓他們慢慢交涉。

　　事情未完又起一波，B 又開始騷擾他了。發信息問她：「你喝過木瓜桃膠粉嗎？」許若一知道他的用意，發了句：「沒有，以後也不會隨你的意思做，拜拜。」她收拾收拾就洗洗睡了。第二天醒來的早，許若一梳好頭洗完臉刷完牙換好衣服準備去做早餐，煎了個雞蛋用吐司機烤好麵包，點了香薰蠟燭。吃完早餐後，拿出健身毯又做了一會瑜伽。喝了杯白開水後打開手機回消息，和喬雅安聊了一會後發現昨天晚上的訊息還沒有回，點進去一看是 B 的消息：「如果我追你，你會答應嗎？」許若一回：「我不會答應的，你好好學習，以後再說行嗎？」很快 B 回覆了：「我喜歡你。」許若一感到一陣無語，打完字立刻回了過去：「天下有很多讓人喜歡的事情，但是不一定非要得到，我覺得我們這樣挺好的，沒必要這樣。」他也很快回覆：「可我就喜歡你，我想聽聽你的聲音，可以嗎？」許若一從無語轉為氣惱，這人怎麼這麼纏，他算個啥。許若一準備罵他，剛打了一半字。就看到年年站在桌

子邊擺弄香薰蠟燭，隨時要掉下來。「年年，小心啊不要玩了。」話音剛落，年年的肉墊就被火燒傷了，爪子不穩從桌子上直接掉下來了。年年喵喵叫著，眼眶裡全是眼淚在打轉。許若一趕緊跑了過去：「年年，年年，你怎麼樣了？」她看到了年年的爪子在流血，急忙拿出紗布為它簡單包紮了一下，然後抱緊它趕去了寵物醫院，連拖鞋睡裙都沒有換。

　　到了寵物醫院時，醫生看到許若一急急忙忙的樣子，便問她：「年年姐姐，怎麼了這是？這麼急急忙忙的。」因為許若一經常帶年年來這裡洗澡，一來二去就熟絡了起來，所以就知道許若一是年年的姐姐，主人了。「年年被蠟燭燙傷了，爪子流了好多血，我給它簡單包紮了一下就來了。」「我看看，你先坐下吧。」醫生讓許若一坐下，把年年的爪子拿過來，打算把紗布取下來看看。傷口把紗布黏住了，只能慢慢撕開。年年頭埋在許若一的懷裡，默默的流淚。她看到這幕也很難過，年年是它最愛的，它哭了就是在許若一心裡扎針。她輕輕安慰著它，摸著它的頭：「不哭不哭，馬上就好了。」紗布終於撕開了，醫生小心地把爪子上的毛剃去，避免了傷口。為它上了藥包紮了傷口後，又告訴許若一把這些東西放好，貓咪好奇心重而且很容易受傷。給年年量體溫發現它有點發燒，於是給它打了退燒針，餵了藥後醫生告訴她：「年年姐姐，這三天每天過來打針吧，等它燒退下來了就好了。」「好的，謝謝醫生。」

帶年年回家後，許若一也不吃飯，也不睡覺，就照顧著年年。及時給它換藥，給它煮稀飯，把雞胸肉剁碎了放到裡面，然後餵給年年。其實年年自己可以吃，但是它就想讓許若一餵它吃，許若一也慣著它。她姥爺來說她把年年慣壞了，但是她不在意，一隻貓而已，有啥呢。把年年照顧好後，反覆確認再三後就去睡覺了，然後早上又帶它去打針，這幾天完全沒有在意手機裡別人的消息。等到年年好了後，許若一發現喬雅安發了幾十條消息，總結下來就一句話：「老女人你死哪去了？」她趕緊回過去消息：「這幾天一直在照顧年年，它不小心被燒傷了，又發燒，就沒有注意消息。」喬雅安給她打電話問她：「年年怎麼樣了？」「已經好了，又開始活蹦亂跳的了。」「怎麼會燙傷了？」「它玩我的香薰蠟燭，結果燒傷了。我當時在回 B 消息，沒有注意它。」「唉呀，以後要注意點，B 和你說什麼了？」「他向我表白，我不同意就死纏爛打。我現在還沒回覆他消息呢。」「你和他說清楚，不要纏著你，什麼人嘛。不說了，我老媽叫我，你以後小心點。」「嗯嗯我知道，拜拜。」「拜拜。」

　　許若一點開和 B 的聊天框，發現他也發了好多消息，意思也就是那幾句。許若一發了消息過去：「首先，我不喜歡你，也不喜歡被打擾，不要再騷擾我了，各自安好，OK ？」到了下午，B 回覆了：「好的。」本以為事情會這樣過去，沒想到啊沒想到，B 又開始騷擾喬雅安，說她腿粗，又說許若一

忘了吃藥嗎？許若一和喬雅安瞬間惱火，撕破臉罵了他一頓，後來安靜了半年。到了後面，又開始點讚許若一動態，又開始關注她社交帳號。許若一雖然很氣，但都已經刪了他也不好說什麼，就當他不存在了。

　　張若安喝了好幾口咖啡，最後一口差點沒嗆著：「你都遇到的啥人啊，一個比一個討厭。」「我也不知道呀。」「許若一，你這麼年輕漂亮，離那些爛桃花遠些，喜歡林墨就默默喜歡她，沒有關係的。」過了一會，許若一問張若安：「男生都這樣嗎？一言不合就說喜歡你，從來不在意你的感受，想法。我看文學，有很多語言我都很喜歡。但是他們說的讓我不太理解了。難道語言是這樣隨便嗎？是這樣庸俗，這樣傷害人嗎？」

　　「不是的，語言是很美的，是無可挑剔的。許若一你記住，每個人都可以使用語言，但是不是每個人都會珍惜看重語言。在那些人的眼裡，語言是隨便的，輕視忽視它。那些男生就是這樣的人。不是語言的錯，而是他們的問題。」張若安吃完了司康繼續說：「還有，你不要再去為自己的性取向過於擔心了。你還小，有喜歡的人就已經足夠了，這都不要急，很正常的。你可能有些難接受，慢慢就能習慣了。只要你開心，那一切都不是事。」

　　「嗯嗯，謝謝你啦張若安。」許若一很開心，因為朋友們都很支持她的想法，也願意聽她說。這些都是在家人裡面

找不到的，首先喜歡林墨第一條肯定他們不接受也不願意，說不定會把她拉去戒同所。同性戀並不是病，不是每個人都能控制住自己的性取向，就算有，等真的到時機時，做的事情不是你控制的性取向，而是你第一直覺的想法。

「張若安，那我們走吧。」「好呢，我送你回家。」「謝謝你哦。」

「許若一，你終於來了！Help me ！」李恩哲打開店門，慌慌張張地拉許若一進去。「你幹什麼，別拉拉扯扯的！」許若一甩了李恩哲的手。「你快點來吧姑奶奶，我準備打算做薯片，一不小心沒注意，結果油燒著了起火了。」「什麼？！」許若一急忙跑到廚房用鍋蓋把鍋蓋住，煤氣關掉。「李恩哲你傻的呢，油鍋旁邊人一刻都不能離開，要是再這樣，房子都給你炸了。」李恩哲撓撓頭尷尬的笑著：「知道了知道了，以後不這樣了。」他連油煙機都沒開，只能重新打開油煙機，把窗戶打開等油煙散去。李恩哲問許若一：「對了，蛋糕呢？」「你真是記吃不記打，這邊了。」許若一指了指旁邊的泡沫箱：「三十個，夠了吧？」李恩哲想了一下說：「今天的應該夠，不過你今天回去得辛苦點了，再做四十個巧克力蛋糕吧。」許若一驚訝不已：「你開玩笑呢？我今天晚上不睡了嗎給你做，我家烤箱遲早報廢。」「可是你的蛋糕買的很好啊。」李恩哲拿起旁邊的可樂和杯子邊倒邊說：「巧克力蛋糕特別火，賣的特別快，其次是檸檬蛋糕還有牛角包。

有些人過來這裡就是專門買這個蛋糕的，你也給我增加了不少客源賺了不少錢，難道真的要停下嗎？」隨後把可樂遞給許若一。「大哥，生產隊的驢都沒這麼勤，我現在復學只能在家學，我要學習和休息。」「那我們做個交易？」「什麼交易？」「我們每天二十個，限量供應，其餘的得預約，饑餓行銷。我們不是星期一星期三休息嗎，這天我們就搞這些。發快遞也好用閃送也行，你覺得呢？」許若一想了想，感覺還可以，於是說：「行呢，但是我有個要求。」「什麼要求？」「我八你二。」「啥？！」李恩哲有些著急：「許若一，你在我店裡賣東西，我當老闆的說了算，不在我這邊賣你還有地方去賣嗎？」許若一嘬了下嘴，不情不願地說：「好吧。」李恩哲拿起杯子要和許若一碰杯：「合作愉快。」許若一不想理他。「你不碰杯我就不讓你在這賣了哦。」「你！」她敷衍地碰了一下杯。「微笑呢？」「李恩哲，你別在這雞蛋裡挑骨頭。」「我沒有哦。」他露出了小狗委屈巴巴的表情。許若一強行微笑了一下。「笑比哭難看，真醜。」「你更醜。」

　　店門被推開，甜甜走進來看到許若一和李恩哲，特別開心地說：「若若，你來啦。」然後抱住許若一。「喂，怎麼不給我打招呼，這麼沒禮貌嗎。」李恩哲不滿地說。「我剛剛都聽到了，萬惡的資本家。李恩哲，你要注意了哦，隔牆有耳，再讓我聽到看到你欺負若若，我第一個打你。」「誰欺負她了？」「你啊。」許若一喝了一口可樂，笑著說：「李

恩哲聽到沒，以後再不要整我了，不然甜甜第一個打你。」「她打得過我？」說實話甜甜真的有可能打不過李恩哲，他一米九，甜甜一米六。「我打不過你我還有棒球棍，電棒，還有炸彈，直接把你一米九的大漢炸沒。」「你厲害，我惹不起。」說到這裡，許若一問李恩哲：「李恩哲你咋長那麼高的，是吃了超級蘑菇嗎，傳授傳授經驗唄讓我們也學學，以後爭取長到一米八。」「我還好吧，我爸媽長得高，我媽天天讓我喝牛奶，不知不覺就長這麼高了。」「厲害呀，回家我也喝。」李恩哲向廚房走去：「許若一，幫我看一下現在適不適合把油倒出來。」「哦，來了。」許若一過去看了看，廚裡的煙已經散去。已經一個半小時了，應該可以倒出來了。「恩哲，拿個碗來。」「哦好。」許若一把碗放好，用勺子小心翼翼的一點點倒入碗中。李恩哲問她：「這油還能不能用了？」「我也不清楚，最好還是別用了吧。」「可是這麼多油，扔了不浪費嗎？」許若一哭笑不得：「那你別放這麼多啊，炸個薯片用一些油就行了啊，你打死了賣油的嗎？」「我這不是第一次做嘛，好好以後知道了。」張若安到了咖啡館，打開門看到只有甜甜，問她：「甜甜，他們人呢？」「在裡面收拾東西呢。」把油弄好後，他們出來了。「張若安來了啊，人終於齊了。我們走吧。」李恩哲拿出車鑰匙：「我來開車吧，我剛拿的駕照。」甜甜和許若一開玩笑道：「若若，我們先去買個意外險再去坐李恩哲開的車吧。」「不是，就這麼不

相信我嗎。」「相信你，但是我們惜命。」許若一補了一句，然後笑著跑了。「你們別跑！」李恩哲追了出去。

　　「許若一！」文學課老師聲音帶著怒氣，把作業本砸在講臺上：「你給我站起來。」許若一朦朦地站起來問老師：「怎麼了老師？」「你還好意思問我，我讓你寫對《安娜‧卡列羅娜》的讀後感，你給我寫篇英語作文什麼意思？」老師話音剛落，同學們就爆笑起來：「許若一你是中西合璧嗎哈哈哈。」「許若一你真是個人才，人才市場沒有你，市場全塌了。」老師用尺子狠狠敲了敲講臺，怒吼道：「都給我安靜下來。」隨後把許若一的作業本扔在她的桌子上說：「你給我個解釋，怎麼會把英語作文寫在這上面？」

　　許若一緩緩想了起來，昨天她晚上在學習。因為心情不好喝了點雞尾酒，邊喝邊學，頭暈暈呼呼的。家教老師佈置了一篇英語作文給她，讓她寫在作業本上。因為兩個作業本格式大同小異，而且還頭暈，就把英語作文錯寫在了文學作業本上。寫完後迷迷糊糊的就睡著了，醒來後已經早上九點了。十點的文學課，許若一趕緊收拾好出門了。

　　許若一沒有解釋，只是默默低著頭不說話。老師見不得她這樣，又問她：「為什麼不說話，你以為沉默是最好的良橋嗎？今天這事，我必須要一個解釋，不然就叫你家長來。」她還是沉默著不說話。老師著急了，指著她說：「你到底是什麼東西組成的，平常看你好好的一小姑娘，怎麼最近老是

這樣，上課魂不守舍，作業不好好寫，你想怎麼樣？」

什麼東西組成的？平常好好的？我想怎麼樣？

許若一像是被擊中一樣，一下子大笑起來：「哈哈哈哈哈。」她捂著嘴拍著桌子狂笑不止，一直沒有停下來。同學看到她這樣子被嚇了一跳，想去阻止她可是沒有人有勇氣上前。老師也懵了，但是很快調整了一下後問許若一：「你笑什麼，我問天你說地是嗎？」她還是一直在笑，好像時間都在這一刻停止了一般。好幾個隔壁班的老師同學探出頭來往這邊看。老師趕緊到許若一面前和她說：「許若一你別笑了好不好，外面人都在看，別讓別人班看我們的笑話行不行。」她還是笑，一刻都沒有停止下來過。

張若安在默默寫著作文，聽到外面的笑聲，又看到在外面的同學和老師往隔壁班看。他也想去吃瓜，看看是誰一直這麼笑，而且聲音有點熟悉。走到許若一班門口，定睛一看是許若一，吃瓜吃到自己頭上了。趕緊跑進去問許若一：「許若一，怎麼了？」她沒有回答，一直大笑。張若安趕緊問老師：「老師，到底怎麼了，她怎麼一直這樣笑。」「我也不知道啊，她把英語作文寫到作業本上。我讓她給個解釋她不說話，我說了她幾句她就一直在笑，我和她說話她也不聽。你是她朋友，你帶她過去好好開導一下她吧。」張若安聽完後，來不及回答老師他就把許若一拉走了。他把許若一拉到會議室問她：「許若一，你到底怎麼了，別笑了，有什麼話我們慢

慢說。」許若一跟沒聽到他說的話一樣，還是一直笑而且聲音越來越大。張若安吼了她，也是唯一一次吼她：「許若一，別笑了！」她也慢慢笑聲停了下來。張若安調整了下語氣，輕輕地問她：「怎麼了許若一，為什麼一直這樣笑，是老師說你你覺得很好笑嗎？」「不是。」「那是什麼？你這樣我們真的嚇死了。」「我也不知道，就是想笑。我想回家好好休息一下。」「行，你先給李主任打電話告訴她你一直笑。然後去收拾東西，我給你請假，順帶送你回家。」「好的。」許若一和張若安回到教室，許若一麻木地收拾好東西不顧同學的眼光提著包等著張若安。張若安說明了情況後帶著許若一離開了。坐在計程車上，兩人一言不發，許若一不想說，張若安也不敢問，怕再次刺激她。到了許若一家後，張若安給許若一姥姥姥爺講了一下今天發生的事，並告訴他們不要刺激她，等複診了給李主任說一下。

　　到了晚上，許若一躁狂再次發作，想跑出去，也做到了。那天晚上淅淅瀝瀝下著小雨，雨水滴滴答答落在房梁上。雨滴的聲音，是她很喜歡的，可她沒有去管這些。腦袋空空的。她走在路上，不知道去哪裡。世界多麼大啊，可沒有一處是許若一想去的地方。也不知道走了多久，慢慢地回家了。回家後，心裡的壞情緒又來了。她去洗澡，嘩嘩的水流在身上，鎖骨，胳膊，大腿上，洗頭的時候洗髮露順著流在全身。許若一突然想到了什麼，哈哈大笑起來，怎麼都止不住，笑著

笑著又開始難過了，興奮和難過轉換的速度很快，快的她連轉換的準備都沒有做好。

　　第二天，許若一的心情極其不好。睡沒有睡好做了一晚上噩夢，醒來沒一件愉快的事。年年老黏著她，她很煩，於是和家人還有年年發了脾氣。她也控制不住，大部分人們都會和最親近的人發脾氣，事後又後悔。她拿起美工刀，劃著自己的手腕。劃的不深，也就出了點血點，當時就可以恢復，但疤留的時間很長。一年多沒劃手了，她真的很痛苦，那些要比傷害的人活的更好的話，還有林墨，這些對當時的她都沒有用。她用了最極端減輕痛苦，疼嗎？疼的。但是只有這樣做，她心裡才會舒服些，她也不知道為什麼。

　　許若一又再次跑出去，走在街上心裡空落落的。看到好幾對情侶玩鬧，各種親密的舉動。她多想也成為這樣的情侶，多想和林墨這樣在一起。可是，她和林墨，不可能了。她們不能在一起走在夜市分享甜蜜的冰淇淋，不能在公園一邊閒逛一邊說左鄰右舍的八卦，不能在咖啡館許若一用叉子插爛可頌而林墨皺著眉頭說她浪費。

　　過了一天後，林墨又讓心裡苦澀的許若一開心了起來。

　　「叮咚～」林墨的消息傳來：「小若一，最近怎麼樣？」許若一收到消息後，激動地從床上坐起來。馬上回了消息：「挺好的姐姐，你呢？」許若一把手機放在胸前，臉上浮起了幸

福的微笑。「我也很好哦。」她做了一個深呼吸，然後發了消息打算約林墨出去吃個晚飯逛個街。「林墨姐姐，要不要出去吃飯？我請你。再去逛逛街？」「好哦小若一，那就明天下午吧，旁邊新開了一家西餐廳。還有，我請你，不要推辭，我是姐姐，應該的。」許若一收到消息真的真的很開心，她的林墨姐姐對她這麼好，這太意外和感動了。「謝謝你，林墨姐姐，我都不知道該說什麼了。」「沒關係哦，那我們明天下午七點見可以嘛？」「好的姐姐，晚安。」「晚安。」

　　許若一從中午四點就開始收拾，因為還要去給林墨姐姐買禮物，所以要早點去。開始洗澡洗頭髮，她想給林墨姐姐最好的狀態。然後捲頭髮，燙捲頭髮，又拿出了一條自己最喜歡的裙子，酒紅色連衣裙配杏色襯衫。準備出門，特意穿了瑪麗珍皮鞋，平時都穿運動鞋，這次想淑女一次。現在才五點，她就已經感到了幸福。

　　到了飾品店，裡面一個男店員招呼她：「小姐姐，今天想看什麼東西，喜歡什麼樣的。」許若一心裡默默想：「誰是你姐姐，我比你小十幾歲呢還姐姐。」但面子上沒有表現出來，她說：「我送給一位女性朋友的。」「耳環還是項鍊呢？」「耳環吧。」「好的，請和我來。」男店員把許若一帶到飾品櫃前。她看了看，覺得一個皇冠耳飾挺不錯，金黃色的皇冠底下鑲著鑽，中間有一顆閃亮的珍珠。「這個不錯，多少錢。」「八百二十元，打完折後是六百五十。」「行，

包起來吧。」「好的。」店員邊說，邊從飾品櫃裡拿出耳環，準備去櫃檯用精緻的禮品盒包裝好。「等下。」許若一叫住了店員。「怎麼了，小姐姐？」「把標價撕掉。」「好的。」許若一送這個耳環，也有別的寓意。她永遠臣服于林墨的溫柔，林墨的聲線，林墨的善良，林墨的一切。林墨在她心裡永遠是她的唯一不二，她的皇冠，就由許若一為她戴上，永永遠遠。許若一付好帳後，拿到耳環後就準備去西餐廳了。

　　到了西餐廳後，許若一看到林墨已經在座位上等她了。「林墨姐姐。」許若一高興的跑了過去，每次看到想到林墨的臉龐都會不由自主的笑起來，一切煩惱都消除。「小若一來了，快坐吧。」林墨向服務員招了招手：「美女，我們要點菜，麻煩過來一下。」服務員回來後，將功能表遞給了她們。「小若一，想吃什麼就點。」「我推薦你們點這個套餐。」服務員翻到第一頁，指了下上面的套餐：兩份菲力牛排，一份奶油蘑菇湯，一份義大利麵，一份薯條還有一個藍莓蛋糕和可頌。「小若一，你看這個行嗎？」「可以啊，那就這個吧。」服務員拿出小便利貼簡單記了一下就走了。林墨和許若一聊了聊天，菜很快就上來了。許若一好久沒有吃西餐了，切牛排時怎麼也切不動，她有些著急了。「我來吧。」林墨把她的牛排拿了過去為她切好，遞給她。許若一看著她，林墨真的對她太好了，她的眼眶濕潤了，許若一一直看著她，周圍放佛都凝固起來停留在這一刻。「小若一，發什麼呆呢，

快把盤子拿過去啊。」許若一瞬間清醒：「哦哦，謝謝姐姐了。」她趕緊調整了一下自己的狀態，不要讓林墨看出來。快吃飯後，許若一試探地問林墨：「林墨姐姐，你有喜歡的人嗎？」她笑了笑，喝了一口果汁說道：「有啊，他是我們的班草，對待人非常好，我很喜歡他。」許若一聽到後，杯子差點沒拿穩，輕輕回了一句：「哦。」許若一和林墨吃完飯付好帳後，林墨開車送許若一回家了。許若一打開車窗看著外面的燈紅酒綠，心裡苦的厲害。她心裡想：我配不上她，我還耽誤人家做什麼呢。那時許若一還不知道，喜歡一個人的感覺必定有自卑。

這時候她想起來，買的耳環還沒有送給林墨，於是趕緊拿了出來。在紅燈的間隙給了她：「林墨姐姐，這是我給你買的禮物，是一對耳環。我看挺適合你的於是就買了，送給你，你要收下哦。」林墨看到後有些驚訝：「不用了小若一，不用給我買的。」「唉呀姐姐你就收下吧，你都給我送項鍊了，這是我的心意，你就不要推辭了。」「好吧謝謝小若一哦。」「姐姐不用謝。」

過了五分鐘後，窗外的陳設變熟悉起來，到家了。「到啦，小若一。」「好的謝謝姐姐，你回去早點休息，晚安。」「你也是哦，晚安。」

第二天許若一走在街上，默默看著從她身邊過去的路人。有像林墨的眼睛，有像林墨的鼻子嘴巴，有像林墨的聲音。

她的同學，醫生，朋友，甚至家人們也有林墨的影子。可她們並不是林墨，無法代替林墨。遇到的人都像林墨，但是做不到移情別戀，她這輩子，是無法喜歡上第二個人了。無論林墨是什麼樣子，男人也好女人也好，貌若無鹽也好美若天仙也罷，她愛的是林墨這個人，不是這些條件。只要是她，都沒關係。

可林墨不喜歡她，對她也只是對妹妹的關係。她已經有喜歡的人了，也想過有著兒女，和丈夫白頭偕老的幸福生活。許若一只能忍著心痛祝福他們，這對她們來說，是最好的結局，只有這樣，才能彼此好過一點。

「許若一，好了沒有啊。」張若安在門口催促道。「好了好了，馬上出來。」許若一整理了一下頭上的頭紗，然後掀開更衣室的簾子走了出來。「哇，姐姐真漂亮。」旁邊的小妹妹誇獎著許若一。許若一摸了摸她的頭說：「你也是哦。」「張若安，還得感謝你媽媽咯，能讓我們進來試婚紗玩。」一個中年婦人的聲音響起：「那有啥的，以後想來就儘管過來玩，隨時歡迎你們。」張若安的媽媽高興地走過來，幫忙整理了一下許若一身上的婚紗。許若一問她：「阿姨，你看起來心情很好，發生什麼好事了嗎？」「可不是嘛，剛剛簽了個大單子，賺了一大筆。若若，今天你和甜甜看上哪件婚紗了就拿回去，沒關係阿姨不虧。」許若一連忙阻止：「不了不了阿姨，我們就試著玩玩，拿回去家裡也沒地方擺，而

且我家裡人也要說我。」「那好吧，阿姨還有事情，就先走了，你們好好玩吧。」「嗯嗯阿姨再見。」張若安媽媽走後，甜甜正好換好後婚紗走了出來。「若若，我怎麼樣，好看嗎？」許若一笑著走了過去握住甜甜的手：「當然了，甜甜永遠是最好看的。」甜甜抱住了許若一：「若若也好看。」李恩哲拿著相機走到她們面前說：「你們都好看，兩位大小姐，給你們拍個照片吧。」「好嘞。」他們嘻嘻哈哈地拍了照片，記錄了這美好的一刻。許若一站在全身鏡中默默地看著自己。「在想啥呢？」張若安遞了瓶可樂給許若一。「我在想啊，我以後會不會穿成這樣結婚，會不會嫁給我喜歡的人。」「嫁給林墨？」「嗯對。」「說不定可以哦。」許若一苦笑著搖了搖頭：「應該不可能的。」「你怎麼知道沒有可能的？」「她喜歡男生。」許若一提起婚紗又往前走了幾步，緩緩地說：「我已經在心裡嫁給過她一次了，以後怎麼樣，我也覺得沒關係了。」張若安看到許若一這樣，也不知道該怎麼安慰她，只能輕輕拍了拍她的肩膀。過了一會兒，許若一問張若安和李恩哲：「你們怎麼不去穿幾套西裝看看啊？」「我們長得又不好看不穿了。」「說白了你們就是懶。」「你猜的真對。」甜甜走過來說：「我本來很想和若若一起想拍一套閨蜜婚紗寫真，可我們的爸爸都不讓。還好阿姨開的婚紗店歡迎我們來玩，可以圓一下這個夢想。」許若一撇著嘴說：「對啊，為啥我們的爸爸都這麼古板守舊，我們媽媽都沒說什麼。」

張若安問她們：「你們想想，你們爸爸為什麼不讓你們拍嗎？」許若一和甜甜同時發問：「為什麼？」「他們不想看到你們出嫁的樣子啊。」張若安繼續說：「他們肯定在想，自己養了二十多年的小白菜就這麼被豬拱了，實在太難過不捨了。」甜甜聽完後說：「也對啊，我爸爸老是說，每次去參加婚禮，最看不得的就是嫁女兒。」許若一說：「可我們不結婚啊。婚紗是每個女孩子的夢想，但結婚不是。」「對啊，你們又不結婚，只要你們開心，穿什麼都好。」張若安聽後，向她們說道。「對呀，張若安說的對，走若若，我們再過去看看。」甜甜拉著許若一去看別的婚紗了。甜甜問許若一：「若若，你喜歡什麼樣的婚紗呢？」「我啊，我喜歡復古的婚紗，就是八九十年代穿的，宮廷風格的。你呢甜甜？」「我啊，我喜歡法式的大拖尾的婚紗，裙擺上閃閃發光的亮晶晶。你看，就是這個。」甜甜走到衣架旁邊拿了一件婚紗給許若一看。「不錯誒，真的好好看。」「那我們再去看看？阿姨的婚紗店有好多類型的婚紗，我們才試了兩件，再去多試幾件。」「OK。」張若安的媽媽婚紗店特別大，琳琅滿目的婚紗，公主型婚紗，貼身型婚紗，大拖尾婚紗，泡泡袖婚紗……天夠甜甜和許若一試個夠了。她們拍了好多照片，發在朋友圈裡。許若一媽媽看到後，給許江邊給看她們拍的照片邊說：「你看，多好看，你還不讓孩子拍。」「我就不想看到她嫁人的樣子。」許若一媽媽搞不懂了：「這有啥的，就一個婚

紗照啊。」「你不懂。」

　　一個月後，許若一又再次發病。

　　不知道為什麼，她說一句話都特別在意別人的想法，感覺自己說的不對，就一直在想該怎麼辦。還總覺得自己的想法會被人聽到。她的神經緊緊繃著，好像馬上要斷了似的。總是莫名其妙的難過和哭。朋友不回她消息，忽視她說的話，她就胡思亂想。然後就哭，一直哭，那個時候感覺自己就是被丟棄的小狗。她在日記本上寫：有了朋友還是解決不了孤獨，孤獨就是我的歸宿。看到感動的電影，也是一直哭，她哭的不是電影中的主角，而是在哭自己。想到自己以前發生的事：被同學霸凌，被性騷擾……覺得自己以前的經歷是恥辱，哭自己就是哭的這些事。給朋友家人發訊息她都得反覆確認，生怕自己會發錯訊息，自己的秘密會被別人看到聽到。

　　許若一這幾天醒來，她起來就會忘記晚上的事情。她給甜甜發訊息，第二天一點印象都沒有。半夜睡到凌晨五點就睡不著了，腦袋一直在想事情。天天都在想考不上高中怎麼辦，可她才初二，還有時間，上午的時候情緒也不好，狀態很差，覺得自己真的熬不住了。

　　她在李恩哲的咖啡館看書，看不進去。她把翻書的聲音弄大，嘩嘩啦啦的。張若安看到她這樣，走上前和她說：「許若一，你怎麼了，出什麼事了，一進門你就不說話。許若一

瞪了他一眼，眼神裡有著張若安看不懂的神情。「你瞪我幹什麼，起來說話。」張若安準備拉許若一站起來。「砰！」她一拳頭砸在張若安的身上，把甜甜和李恩哲還有張若安嚇著了，但張若安更多的是憤怒。「許若一你是不是真的腦子有問題？我又沒惹你你憑什麼打我？」「我是，我腦子有問題，我是瘋子。所以說你離我遠點吧。」「你能不能好好說話，有必要動手嗎？你什麼都不好好做，你這樣將來怎麼辦？」「用不著你管我，我怎麼樣是我的事。那個破課我也不想上了，我的將來不是你評價的。」許若一說話聲音越來越大，用手使勁打他。張若安被氣的顫抖：「你，不可理喻！趕緊住手。」許若一眼淚流了下來。她拿起包，摔門就走了。

　　許若一回到家後，家裡沒人。真好，這樣想哭想鬧都不會有人聽到。她到衛生間把浴霸打開，靠在牆上靜靜地讓水淋著身子，無力地流著眼淚。不知道過了多久，她站起來把水關掉，擦乾身子回到臥室窩在被子裡，像只受傷的小獸。

　　「叮咚～」手機顯示一條消息，是張若安發來的：「今天的事情我不知道怎麼說才好，想直接了當的說。你情緒不好，可以和我們說，不要一遍遍把我們推開，我們不想也不能讓你一個人默默承擔這一切。我只希望你能快快樂樂的活著。今天我也說了不好聽的話，我向你道歉，對不起。」許若一看著消息，眼淚再次流下來。張若安對她真的很好，今天做的確實有些過分了。她回了消息：「今天也有我的錯，

對不起。這段時間我真的不知道該怎麼過，不如意的事情太多了。等明天我請你們吃飯吧，就當是補償了。」他很快回了消息：「不用，你好好休息吧。」

　　家裡人看到她精神狀態不好，也不知道該怎麼做。打電話問甜甜他們，他們說：「叔叔阿姨，讓我們好好想想吧。」他們商量了一下，張若安提出建議：「我覺得還是得讓許若一動起來有事做，這樣她可能就不胡思亂想了。」「要不我們帶她出去玩？」李恩哲也發表了建議。甜甜說：「我覺得行，不過我們去哪呢？」三人陷入了沉思，在思考到底帶許若一去哪裡。過了五分鐘後，張若安吐出一句：「要不我們去三亞吧，我舅舅在那裡也可以照應我們一下。多玩幾天，讓她沒有精力再想這些。」甜甜和李恩哲異口同聲地說：「行呢沒問題。」於是甜甜去找了許若一，還給她帶了草莓蛋糕。甜甜拉著許若一的手問她：「若若，你想去旅遊嗎？我們去三亞。」「三亞？為什麼？」許若一有些詫異，怎麼突然又要去旅遊，還是在外地。「我們看你這樣，心裡也為你難過。想帶你出去散散心，別去想這些不愉快，而且我記得你說過，你很想去旅遊。」甜甜又繼續說：「而且我們也在家裡悶壞了，就想出去玩玩。」「這有點太突然了吧。甜甜，你讓我想想吧。」「好呢，我等你回覆哦。」

　　到了下午，許若一心情還是不好。抑鬱症每次發作都會讓許若一痛苦不已，她想結束這一切，可是還有家人和朋友

還有年年，她只能選擇活下去而且離不開這種痛苦。誰都救不了她，別說醫生了，連林墨都救不了，她只能帶給許若一短暫的快樂。陳醫生總告訴她，多想想她愛林墨之事，腦子就會少想不好的事情。可是得的這個病她自己知道，一旦發病對她一點用都沒有，他們沒有得過病，可能在他們的心裡認為愛能解決這一切，解決這一切煩惱。可是在抑鬱症患者的眼裡不是這樣的，不是每一份愛都是鏗鏘有力的，都能去解決這些。如果真能解決，這世上就沒有那麼多飽受抑鬱症痛苦而自殺的人了。

　　她打算出去走走好好靜一靜，準備去咖啡館。許若一姥姥簡單安慰了她，許若一也簡單回應了一句。她穿上了 jk 制服裙，理了理頭髮噴了香水就準備出門。坐在公車上漫無目的看著風景，耳機裡的音樂她根本聽不見，心裡想的全是事。

　　她先去了咖啡館旁邊的商場，默默走著看著商品櫃展示的商品。走到一家服飾店，進去看到了一個雙肩包，挺適合她爸爸的，於是她買了下來，不知道為什麼，她今天就想給家裡人買東西。她又去了一家書店，這個書店不僅賣書，還賣漢服和 jk。她進到裡面又去看了一下，她看上了一個粉色格子的百褶裙，於是買了下來。

　　到了咖啡館後，她點了一杯檸檬紅茶和提拉米蘇。靠在沙發上，眼睛無神的望著咖啡館的環境。過了一會兒，她拿出手機默默寫作。突然眼淚就落了下來，她多羨慕咖啡廳裡

面的客人能夠談笑風生，沒有痛苦，沒有悲傷。她捂著頭，肩膀不停顫抖，嗚嗚地哭著。旁邊的客人都嚇著了，但不敢上前，也不敢多看。這時，一個男生走上前來，拍了拍她的肩膀：「妹妹，你怎麼了？」許若一抬起頭來，看到一個和她年齡差不多大的男生。那個男生給許若一遞了餐巾紙，溫和地問她：「你心情不好嗎，妹妹？」許若一本想拒絕，可看到他已經遞了紙不好推脫，人家也是好意。「謝謝你了，我沒事。」男生又說：「你好，可以認識一下嗎？我叫林昊，今年十六歲。」許若一悶不作聲，默默低下頭。林昊看到許若一這樣，開始找話題：「你有什麼難過的可以和我說說。」許若一緩緩地說：「謝謝你，我沒事。」林昊又鼓起勇氣：「那個，可以加個微信嗎？」「不好意思，我今年十五歲。」「沒關係，做朋友可以嗎？」「對不起。」林昊看到許若一這樣，深深歎了一口氣。「今天很謝謝你，你是一個很好的人，可是我自己，心中不願意。你會找到好朋友，不必在我身上浪費時間，不值得的。再見了。」說完後，許若一收拾了一下東西後走了。

　　回到家後，許若一緩了緩，心中很不是滋味。她總是把別人一個個的推開，她知道這樣不行，總要學會接觸人。於是她給甜甜發了訊息：「甜甜，我去三亞，什麼時候走？」許若一想趁旅行，慢慢學會接觸人和處理人際關係。甜甜馬上回了信息：「真的嗎若若，太好啦！我們三天後就走，準

備好東西哦。」

　　三天很快，許若一和甜甜還有張若安和李恩哲早上八點在李恩哲的咖啡館集合，由張若安爸爸開車送他們走。許若一洗漱好，穿好衣服準備出門。許若一姥姥問她：「身分證帶了嗎？手機帶了嗎？再想想有沒有什麼沒有帶的東西。」「沒有啦，全部都裝好了。」「那就行，一路平安哦。」「知道啦。」許若一到了咖啡館後，李恩哲和甜甜都到了，張若安還沒有到。李恩哲看到許若一拿兩個包和一個大行李箱，和甜甜一樣，對她們說道：「你們女孩子的東西怎麼這麼多啊，我就一個小行李箱，你們跟逃難一樣。」「你說誰逃難呢？」甜甜準備去打李恩哲，李恩哲趕緊說：「我開玩笑呢至於要打我嗎？小氣鬼。」「你才小氣鬼！」許若一看到張若安家的車到了，和他們說：「別鬧了趕緊上車吧。」上了車後，他們給張若安爸爸打了招呼，一路上他們都在聊天。許若一沒有參與進去，只是默默地看著風景，臉上沒有任何表情，讓人捉摸不透。

　　到了機場後，他們拿上登機牌，把行李托運好後坐在候機大廳裡閒聊。

　　「若若，你和林墨，進行到哪一步了？」甜甜一臉八卦問著許若一。許若一戳了戳甜甜的額頭說：「你啊，啥進行到哪一步了。我又沒向她表白。」「哦。」許若一又問張若安：「你家飯糰怎麼樣了？上次聽你說發燒了。」「早好了，它

就是自己作的，大冬天從小院子溜出去玩，它不發燒才怪。」

「小泰迪都調皮。李恩哲說完後，從包裡拿出來一個飲料杯遞給許若一：「給，你不是不愛喝咖啡嗎，給你做了檸檬紅茶。」「謝謝啦，你真好。」「不客氣。」

廣播響起：「女士們先生們，請注意，前往三亞的CZ123 次航班現在正在登機。請攜帶好您的隨身物品，準備好登機牌，在 6 號登機口登機，祝您旅行愉快，謝謝。」

張若安背起包說：「我們走吧。」「嗯。」大家拿起東西，準備走，排到隊伍裡等待乘機。到了飛機上，許若一坐到靠窗的位置默默地望著窗前的風景。

再見，烏魯木齊，等我回來。

飛機起飛顛簸，甜甜暈機，拿起嘔吐袋吐了出來。許若一趕緊遞給她水，幫她順了順背。沒過一會，甜甜就靠在許若一身上睡著了。

過了五個小時，飛機即將降落到三亞鳳凰機場。落地後，他們走出飛機，到行李提取大廳拿行李。取到行李後，他們搭便車準備去民宿。

張若安說：「好熱呀，我們裹的跟個粽子一樣，烏魯木齊太冷了，還是三亞天氣好。」「對呀，這裡風景也好美噢，我們到了民宿先去吃點東西吧，我好饞這裡的椰子飯。」許若一說道。「好哦。」到了民宿他們放下行李後，去街邊吃飯。

看著琳瑯滿目的小吃，口水要流出來了。找了個位置坐下，李恩哲去買燒烤，甜甜買飲料，許若一去買水果，張若安看著座位，他說：「等會我把錢給你們哦，不能白吃白喝的。」甜甜忙說：「誒不用不用。」「那怎麼行，不能占你們便宜。」「好吧好吧。」過了一會兒，李恩哲拿著燒烤走到座位上，神秘地說：「你們猜猜這裡的生蠔多少錢一個？」許若一帶著好奇說：「十塊錢？」「比這便宜。」「那是多少？」「兩塊錢。」她有些吃驚：「這麼便宜？那生蠔可大個了。」「對呀。別人都是十杯奶茶，我可以請你們吃一百個生蠔。瞧瞧，我多闊氣。」甜甜用胳膊肘戳了一下李恩哲：「你就自戀吧你。」

到了第二天，他們準備去海邊玩。許若一很期待，平時一個一覺睡到日上三竿的人很早就起來收拾自己了。今天穿紅色連衣裙戴雞蛋花頭飾，度假風。「若若你就不能停一下嗎？等我們睡起來再收拾也來得及啊。」甜甜迷糊地說道。「唉呀，你也快起來吧，我想早點去。」許若一還是個小孩子心性，想去的地方就想快點去。「行行行，我起來。你去叫他們兩個吧。」「好嘞」

許若一開心地跑到他們住的民宿，拍著門說：「張若安，李恩哲起來了，太陽曬屁股了。」李恩哲開了門：「幹嘛呢許若一，就不能讓我們好好睡一覺嗎。」「我想早點去玩嘛。」「唉呀，再睡半小時，收拾好我們去找你。」「好呢，撒謊

是小狗。」「嗯。」

　　許若一出去買早餐，看到路邊開放的小雛菊，出來溜達的雞鴨，還有茂密的大樹，樹葉層層疊疊，空隙透著陽光。心裡想：還是這裡好，怪不得姥爺想來這裡養老，以後考學校就考來這裡吧。買了早餐後，準備回民宿，卻發現一隻牛在草地上吃草。她挺吃驚，烏魯木齊街上沒有牛，這裡卻有，主人還不在，真怕這牛被抓吃掉。牛看到許若一趕緊跑了，許若一說：「你跑什麼我又不吃你。」

　　買了早餐回到民宿，張若安還有李恩哲都來了。許若一一邊吃早餐一邊說：「這裡還有雞鴨和牛，在烏魯木齊都看不到。」甜甜好奇的問她：「牛？真的假的？」「真的，那牛見到我還跑了。」吃完早餐走路去海邊，許若一一直笑著，心情好很多了。一路都在嘰嘰喳喳，甜甜和李恩哲還有張若安看到許若一的狀態，心裡無比開心。

　　海灘上海水拍打著礁石，海浪沖了過來，最終又回歸寂靜。許若一高興地說：「看到大海，心胸開闊了好多。」陽光撒在她的臉上，酒窩上，樣子美極了。「這位仙女，我能給你拍張照嗎？」張若安問她。「當然可以了。」拍完照後，她和甜甜撿海浪沖上來的貝殼。把鹽倒在礦泉水瓶子裡打算抓蟶子，但他們沒經驗，一個也沒抓到。不過他們很開心，這就足夠了。

玩了一會兒，他們去張若安舅舅家吃飯。張若安舅舅很熱情，做了好多飯招待他們，還一個勁誇許若一和甜甜漂亮，把她們整的不好意思了。吃完飯後，他們聊了一會天，就回民宿了。睡一會，他們就要去水族館看魚，去旁邊的水上樂園玩。

包車司機來到民宿，他們收拾好到了車上。許若一路上一直看著風景，她不愛在開車的時候玩手機，就喜歡默默地看著風景。過了半小時，到了地點，司機笑呵呵地說：「到了。如果玩完了給我打電話。」他們向司機道謝，下了車走到水族館。

「你看，鰻魚誒！」許若一笑著給張若安指著鰻魚。張若安問許若一：「怎麼？你想吃鰻魚飯了？」「唉呀，別說那麼直接嘛。」還有很多種類的魚，小丑魚，石斑魚，多帶蝴蝶，海葵……許若一和甜甜說：「甜甜，我們一起拍個照吧。」「好哦。」「喂，不帶我們嗎？」李恩哲不滿地說。「好好好，我們一起拍。」他們拍下了第一次的合影。

到了水上樂園，去更衣室換了泳衣。許若一的泳衣是連體黑色吊帶裙，搭配一件防曬服。甜甜拍了拍許若一說：「若若，你身材真好，真漂亮。」「別誇了，我還好啦，你也很美啊。」甜甜也很美，她也穿著粉紅色裙式的連體泳衣。等到他們換好泳衣後，張若安和李恩哲一直在外面等她們。張若安說：「走吧，去玩吧。」

甜甜看了他們一眼說：「沒想到啊，你們身材還挺好的。」「那當然，我們天天健身的。」李恩哲驕傲地說道。水上樂園還有溫泉，甜甜和許若一就去泡溫泉了，游泳池水太涼。張若安和李恩哲倒是不介意，於是去游泳了。甜甜問許若一：「若若，這幾天你還好吧，沒有壞情緒了吧。」「好多了，和你們在一起我很舒服也很開心。」「那就好。」過了兩小時後，張若安和李恩哲來找她們：「走吧，該回去了。」「好吧。」他們去更衣室換好衣服，戀戀不捨地離開了。不過明天還可以玩。

過了一天後，許若一想自己去海灘玩一會。他們都阻止她去，說是怕她做傻事。許若一苦笑不得地說：「那麼多人我咋跳海？」她又說了好久並且再三承諾不會做傻事，他們才同意她去。到了海灘，許若一靜靜地看著大海，看著戲耍的孩子們，感覺心裡的死結慢慢梳開了。她走到椰子樹前，想到了之前來三亞，她一直和她姨姨說想偷椰子，現在也想。可是椰子樹太高了，許若一夠不著。走在回民宿的路上，看到火焰樹下掉了好多火焰花，撿了好幾個好看的。回民宿後，許若一給了甜甜：「送你幾朵火焰花。」「好漂亮，你在哪裡撿的？」「回來的路上。」吃完晚飯後，他們回各自的民宿睡覺了，明天要去逛逛三亞免稅城。

早上，這次換李恩哲敲甜甜和許若一的門了。「快起來快起來，吃完早飯還要去逛三亞免稅城。」

許若一頂著凌亂的頭髮去開門。「還沒起。」「這才八點你報復我是吧。」「誰一天天想的報復你，給，早餐，吃完趕緊收拾好出來。」李恩哲把早餐塞給許若一就走了。許若一把甜甜推醒：「甜甜，起來吃早餐了。」「若若，再讓我睡會嘛。」「恩哲都來叫我們了，起來吃完飯收拾一下走吧。」甜甜不情不願的起來，洗漱換衣服。吃完早餐後他們坐車到三亞免稅城。

　　三亞免稅城人很多，各種名牌店都排著長長的隊。許若一和甜甜要買護膚品，他們也排起隊來。張若安感慨：「真是一堆人來送錢。」進了化妝品店，買了爽膚水，精華液。「你們這些女孩子啊，怎麼這麼多護膚品。我們都是洗把臉就行了」李恩哲問她們。「誰像你皮糙肉厚的。」許若一和甜甜又去別的店瘋狂購物，倆男生就是個負責提東西的。到了中午，在頂樓吃了飯，就坐車回民宿了。

　　睡了一覺，許若一點開微信，看到林墨發了朋友圈，她想習慣性給她點贊。點開後，朋友圈內容是林墨和一個男生的合照，文案是：「謝謝，我們在一起了。」許若一懵了，很快轉為心痛，放佛有一千根針紮在內心深處。她知道有這一天，可沒想到來的這麼快。眼淚控制不住地流下來。這時甜甜來敲門：「若若，你幹什麼呢？」許若一趕緊調整了一下，不想帶著哭腔和她說話。「我準備睡覺呢，怎麼了？」「哦，沒事，我就問問你。」她胡亂擦了一下臉上的淚，既然木已

成舟，就祝福她吧。她抖著手給她發信息：「林墨姐姐，你有男朋友了，祝你們幸福哦。」她很快回了消息：「謝謝你哦，小若一。我看你在三亞玩，玩的好嗎？」她回林墨：「還可以，謝謝姐姐你關心我。」許若一每次裝作輕鬆的語氣，其實都在心裡練了好多遍。

晚上他們去冰淇淋店吃冰淇淋。許若一點了一個雙球霜淇淋，草莓味和芒果味。沒想到這裡還有可頌，她小口小口地吃著冰淇淋和可頌，她想吃的冰淇淋在嘴裡也如同嚼蠟。甜甜看到許若一不說話，只是默默地吃東西。雖然她不是一直說話的人，但是也會在聊天的時候回應幾句，今天不說話只吃東西有些怪。甜甜問她：「若若，你怎麼了？是不是身體不舒服？」「我沒事，就是有點累了。」「你都睡了一覺怎麼會累呢？你是不是難過了？」許若一想：我心累。但是她沒說出來，不想壞了他們的情緒。「沒有，我最近就是有些累，我回去好好休息就行了。」「那我們早些回去吧。」甜甜說道。「嗯嗯，謝謝你們。」「傻瓜，不用說謝。」

到了旅遊的最後一天後，張若安看到默默坐在民宿秋千上的許若一，問她：「你是不是有心事？」「我沒有。」「是不是情感上的問題？可以和我說說。」「你怎麼知道是情感上的問題？」「我猜的。」許若一站起來望著外面的風景說：「林墨她有男朋友了。」「許若一，你聽我一句話，你有愛她的權利，但是她沒有愛你的義務。」「我知道，可我真的

好難受好難受，我很愛她很愛她，她是我的光。在我的成長中，遇到了很多人，他們都對我很好。她就是其中一個，她讓我動心，讓我癡迷。我就像是溺水，溺在了她的溫柔，她的善良裡。不能和她在一起是我心中一道很深很長的傷疤。」張若安歎了口氣，輕輕地和她說道：「我明白你的心情，但是這道傷疤時間會治癒。只要她幸福了，你也就會幸福起來。我們的愛要深明大義一些，你喜歡林墨，你也要去接納她的男朋友。我相信，你能做到的。」「真的嗎？」「真的，相信我，也相信你自己。」

「女士們先生們，我們的飛機預計到達烏魯木齊地窩堡機場。烏魯木齊地面溫度為零下八度，華氏度為十七點六度。再次感謝您乘坐本次航班，下次路途我們再會。」飛機廣播響起。許若一把甜甜搖醒：「甜甜，我們到啦，該回家了。」他們收拾好東西走出飛機，去行李提取大廳拿行李。張若安爸爸來接他們，天很冷，凍得他們趕緊上了車。

回到家後，許若一放下行李就抱了抱年年。姥爺對她說：「年年可想你了，你出門它就一直在門口等你。」她摸了摸年年的頭說：「我也想年年呀。」

「快吃飯吧，今天你回來特意給你燒了紅燒雞。」「好呀。」她最喜歡吃姥爺做的紅燒雞了，小時候姥爺不怎麼做雞的時候，她都會問：「姥爺，雞下架了嗎？」大家都會笑。

回來第二天，許若一去複診了。她見到李主任後高興地說：「主任，見到你我也很開心。」李主任對她可好了，她的微信電話都給了許若一，有難受的就告訴她，李主任也不厭其煩地回答她。她也給她送了好幾次甜點。每次她都打扮的漂漂亮亮去見她，因為李主任看到她好說不定就減藥了呢，哈哈。

　　「AD 線平行於 BC，AB 線平行於 CD。因為角一等於角二，角三等於角四，又因為 AC 是三角形 ABC 和三角形 CDA 的公共邊……」甜甜給許若一絮絮叨叨地說著，問她：「若若你懂了嗎？」

　　許若一沒好笑著說道：「你把教材原班人馬搬了一遍，你說我懂沒懂？」

　　「你們在幹什麼呢？」張若安湊過頭來看她們：「我幫你倆檢查一下。」他直接拿起兩個女孩的作業本。「噗哧。」張若安忍不住笑了起來：「你倆就兩個對的，一人一個。倒數第二給倒數第一補課。」

　　「你笑什麼笑，誰倒數第一第二呢。許若一跳起來打張若安：「你的文學課成績還不是我教你的，要不是我教你你就是吊車尾。」他邊躲許若一的打邊說：「誰像你一樣那麼偏科，我好歹能對兩三個，你就只能對一個。」甜甜給許若一助威：「若若，打他，我打不過他。你打還能打過。」

許若一的拳頭巴掌再加上她一米七五的身高，打的張若安求饒：「許小姐我求你別打了別鬧了，我不說了不說了。」「這還差不多。」

「對了，你們對肢體接觸會不會反感，我有點不太喜歡我媽摟我，對其他長輩也是這樣。」許若一喝了一口檸檬紅茶，緩緩地說著。甜甜說：「我還好吧，像是擁抱啊親吻啊我都能接受。你呢張若安？」他哭笑不得：「我才多大啊哪來的親吻擁抱，我又沒情人。我媽從來都沒有給我過肢體接觸，天天就是嫌棄我。」「哈哈，不怪阿姨，你天天一副傻樣要我我也嫌棄。」甜甜邊笑邊拍張若安。「你！過分。」「不是我過分，你問若若是不是這樣的。」甜甜把話扔給了許若一。許若一不知道怎麼回答，只好說一句：「你們說的都對。」甜甜有些不滿：「若若你敷衍我。如果是林墨摟你你會抗拒嗎？」「別說抗拒了，她要能摟我都都能幸福到上天。」「看，分人的。」張若安繼續說：「不過許若一，你要把喜歡和不喜歡說出來。喜歡就是喜歡，不喜歡就是不喜歡。你不說出來別人也不知道，你自己也不舒服。不要怕得罪人，你的舒服比起這些都不重要。」「知道了，謝謝你啦。」

這個時候，許若一突然難過了。兩人察覺到了她的異樣，便問她：「許若一，你怎麼啦？」她在猶豫說不說，張若安像看出她的心事一樣，輕輕地問她：「說出來吧，會好受一些，我們不會罵你的。」

她想了一下，還是說了出來：「我覺得自己有罪，是個該死之人，不配得到救贖而且還非常討厭自己，厭惡自己，罪惡感太強。我以前不懂事做了錯事，大家都原諒我了，而且對我很好，但是我就是不能放過自己。年年這兩天不小心把我朋友抓傷了，我一直覺得是我自己的錯我十惡不赦。」他倆聽完後，甜甜輕輕拍了下她肩膀說：「沒個人都有做錯事的時候，大家原諒你，就說明那不是個事，你也要原諒自己呀，你不能把你死死纏在這裡。年年不小心抓傷你朋友你就好好教育它嘛，沒什麼。」張若安也附和：「對呀許若一，事情都已經過去了，你再怎麼糾結，再怎麼焦慮也活不到過去了呀。木已成舟，要為現在活。」

　　「道理我都明白，可我還是過不去這個坎，我真的感覺自己快熬不動了……許若一說著，突然眼前一片眩暈，周圍的視線都模糊起來，隨後眼前一片黑。「哐當！」許若一暈倒了。「若若，若若，你怎麼了？」甜甜焦急地搖許若一，想把她弄醒。「許若一，許若一你醒醒。」張若安也趕緊跑過去。「張若安，你先把若若抱進臥室吧。」他來不及回答，趕緊抱起許若一走進臥室把她放到床上。

　　過了一會，許若一醒過來了。「怎麼回事，我怎麼會在這。」甜甜看到許若一醒來後趕緊說：「若若你醒了，好點沒有？你剛剛暈倒了嚇我們一大跳。」「我好點了，我可能吃的藥太多了才會暈倒。」張若安問她：「你吃多少片藥？」

「十九片。」他嚇了一跳：「十九片？！吃這麼多你不怕藥物中毒嗎？」「我也害怕啊可是不能不吃。吃了還頭暈沒精神嗜睡。每次晚上吃後都跟喝醉斷片一樣，做了事情沒有印象。」「你和主任說了嗎？」「說了她讓我減兩片，這跟沒減有什麼區別。」「等去複診了和主任說一下吧，這樣吃也不行。」「也只有這個辦法了。」

「我回去了。」許若一從床上爬起來。甜甜趕緊去扶她：「誒誒，慢點若若，我們送你回去吧。」「不用了我好著呢。」「這怎麼行，還是我們送你回去吧。」在甜甜和張若安的軟磨硬泡中，許若一答應了。

許若一回到家後，回到自己的小房間。默默看著書架上堆的藥品，主任給她的處方單。以前書架上堆的都是書，《百年孤獨》《月亮與六便士》《活著》《白夜行》……有很多小擺件，石膏小人維納斯，貝多芬，阿普羅……還有香氛蠟燭，有杜松薰衣草，山茶花，絲絨玫瑰的香味。現在全被藥品處方單遮住，書名看不到了，小人也是。

她其實沒有和他們說。她最近老感覺有同學在背後說她壞話，說她不要臉。感覺他們知道她內心的想法，家裡裝了監控，有人在監視她。感覺有人要害自己。每天都在想這些，做不到不想。該怎麼去解釋精神的殘疾，她破碎了，想拼好可是卻一捏就碎，漸漸成碎渣。真的很痛苦。

「許若一，你最近胖了，胖了不好看。」許若一的姥爺說道。「胖了又怎麼樣，你也胖你還說我。」「我老了嘛。」「那我也年輕，吃多了是長身體嘛。」

她不喜歡他們說製造身材焦慮的話。她之前也有身材焦慮，嫌自己的腿粗，胸太大。甜甜有時候會調侃她：「若若，你又露溝了。」不過她現在已經釋然了。腿粗又怎麼樣，胸大又怎麼樣。她奶奶之前說她表妹長太高了，長那麼高有什麼用。長得高又怎麼樣，長的矮又怎麼樣。無論高矮胖瘦，無論皮膚白皙黝黑，身材的標準不該被定義。身體由我，愛自己最重要，自己就是獨一無二，最美的身材。

還有容貌焦慮，她之前也對此很苦惱。有黑眼圈，痘痘，鼻子上有黑頭。她媽媽之前也說她臉上長痘，讓她用護膚品。可她不想用。後來也慢慢不在意了，用在臉上的時間還不如用在提升自己身上，內在更重要。美的標準沒有定義，自信最美。

「許若一，我最近在搞攝影。想拍點人和事物，你有沒有興趣當我的模特？」張若安拿出手機給她看了幾張照片問她：「你覺得怎麼樣？」許若一看著，挺有意思的。「可以誒，不過你拍了要發到哪裡去。」「我想發網上試試，你覺得呢？」「行呢，我出鏡需要化妝嗎？」「不需要，你根本不用化妝。」許若一笑了。她劃到一張照片上，是一個女孩穿著白裙子，戴著蝴蝶結旁邊還有一隻小狗。「我覺得這個可以，我們什

麼時候拍呢？」「明天吧，可以嗎？」「當然行，明天十一點我們在森林公園見吧。」「好。」

到了第二天，許若一起床後洗漱完換衣服。是一件法式木耳花邊蝴蝶結連衣裙，顯得很溫柔。隨後做了個早餐，煎雞蛋和烤吐司。她做飯越來越嫻熟了，之前還給媽媽做了一個月的飯，煎雞蛋和烤吐司就是小意思。吃完早餐後，她準備出發。臨走前摸了摸年年的腦袋：「在家要乖乖的哦。」

張若安調整著相機，轉頭看到許若一便說：「來啦。」「嗯，等的有些久了吧。」「不會。你先坐到位置上，我先拍一張。」她坐到位置後張若安蹲下拍了一張，然後問她：「你感覺怎麼樣。」「還可以。」「那好，我們繼續拍。」他們便繼續拍。拍完後找了個座位休息一下，張若安從包裡拿出礦泉水遞給許若一。「喝點水吧。」「好的。」他把相機上的相冊點開，遞給她說：「看一看拍的怎麼樣吧。」相機映出的少女身著白色連衣裙，圓圓的臉蛋盡顯幼態，稚嫩青澀。「拍的挺好的。」「那是，我多厲害。」

他們走出森林公園到公車站等車。微風吹著許若一的長卷髮，她的眼神裡充滿憂鬱。張若安看出她的眼神不對勁就問她：「你怎麼了？」「我沒事，是我生病太久，整個人都變化了，憂鬱狀態改不掉也變不了。」他不知道怎麼安慰許若一，只能默默陪著她。過了一會兒，公車來了，人有些多。上了車後，張若安站到許若一的後面，怕鹹豬手占她的便宜。

到了站下車，這時夕陽落下，把他們都映成了橙黃色。他們默默走著也不說話，良久，張若安吐出一句話：「對不起。」許若一聽到後，停下腳步不解地問他：「為什麼要說對不起？」「我曾聽過你說對於這個世界，這個社會如地獄一般。我雖不能感同身受，但是也明白，你在這個讓你傷心的地方滾爬摸打地活著實屬不易。我們都來的太遲，不能在你最傷心的時候陪著你。這個世界和社會都辜負了你，對不起。」「不要說對不起。我不在意，來遲也好怎麼樣也好，就是不要不來。有你們在，給了我在這個傷心地活著的動力。」過了一分鐘，張若安繼續說：「既然來遲，我就要做更多，保證不再次辜負你。我愛你，不是愛情的愛，而是這個世界，這個社會上你應得的愛。」許若一聽完後，抱住了張若安，她從來沒有和異性有過身體接觸。這一次，她真的被感動，發自內心的想抱他。她哭了，顫著和張若安說：「謝謝你。」「不要說謝謝。」

　　回到家後，到了深夜該睡覺的時候，她在床上輾轉反側，怎麼也睡不著。窗外的月光照進被子，照進她的臉上。一直在想張若安給她說的話。為這個世界道歉，這個世界，還會好嗎？

　　抑鬱症伴隨她七年。從 8 歲起，姨姨生下了妹妹，家人的愛都給了妹妹，妹妹做錯事，每次都是大的讓小的，自己不願意還要被罵。

她默默下定決心，以後有了孩子絕對不能這麼對待她。她不怪妹妹，而且長大後每次去看妹妹都會給她帶炸雞帶飲料，妹妹也很喜歡她。她怪的是父母，是這個社會的條條框框：大的就是要讓小的，你是哥哥／姐姐，應該謙讓。這些束縛著每一個哥哥姐姐，可家長們為何不知道，每一個孩子生下來並不是哥哥／姐姐，他們是需要關心需要愛的孩子。

　　家人這樣對待她，讓她難過，失望，覺得自己比別人差，想離開這個世界。那一天她記得很清楚，因為不肯讓妹妹被媽媽罵了一頓，她坐在床邊流淚，幻想自己離世的樣子。

　　抑鬱在那時候就將許若一和她死死綁在一起，再也分不開了。後來啊，許若一經歷家庭語言暴力，性騷擾，校園暴力都很難過。但是和那個晚上比起，那個永遠回不去的夜晚，這些難過真的不算什麼。

　　還有精神分裂症已經伴隨她一年，被害妄想，誇大妄想，幻聽幻覺，思覺失調……她不想再一直想自己被關到棺材裡，不想再每次出門都要鼓很大的勇氣拿著利器出門，就怕別人害自己，不想再疑神疑鬼，覺得同學家人在罵她……

　　大家都在說要看清這個世界的本質然後繼續保持熱愛生活，但許若一做不到。世界已經傷害她太深，看清了世界的本質。但是她真的做不到什麼都不知道的生活著，也做不到熱愛了。

第二天的拍攝開始了，還是和張若安約在森林公園見。今天拍的是森系少女風格照，她穿一字領露肩上衣，上面有綠色小貓圖案，下面穿的深綠色條紋中長裙。他們匯合後順道逛了下公園，看看風景。有幾個路人一直看他們，許若一問張若安：「我臉上有錢嗎他們一直盯著我們看。」他指了下周圍說：「你看看，這邊都是老人來轉，年輕人很少，他們當然會看看。再說了我這麼帥，你這麼漂亮，肯定吸引人啊。」許若一用包打了一下他開玩笑說：「普信。」這次很快就拍攝完成了，他們看了一下沒有什麼問題，就此結束拍攝。

　　他們又坐車到了夜市，打算去轉轉。夜市很熱鬧，擺滿了小攤，吃喝聲，小孩玩鬧的聲音從沒有間斷。他們看著小攤上售賣的東西，都很新鮮有趣。這時許若一眼前一亮，搖了搖張若安說：「你看，小雞小鴨誒！」張若安轉過頭來，看到一群小雞小鴨圍在籃子裡，嘰嘰喳喳地叫著，可愛極了。許若一不想走，一直盯著籃子裡的小雞小鴨。張若安問她：「你想要嗎？」「想，可我家裡人不讓我養。」「你可以養我家裡，每天來給他們餵餵食，處理排泄物。而且我們家離得也近，你每天還可以過來和我玩。」「這樣行嗎？叔叔阿姨會說吧。」「不會，我爸常年不在家，我媽又不管我。我家還有個陽臺，放在那裡正合適。」「那好吧，那得麻煩你幫我照顧一下了。」「沒問題。但是不是白照顧的哦。」「怎麼，你要錢？」「不

不，你每天過來教我二胡。」「行吧，我也自己練練。」許若一心情很好，笑著給老闆付了錢拿上裝小雞的籠子。她也學著小雞拉著張若安嘰嘰喳喳地說：「你知道嗎，我特意買了一隻小公雞和小母雞，養大了可以下雞蛋吃。這只大點的雞叫大雞，這只小點的雞叫小雞。」張若安也笑了：「你這起名可真隨便。」「我也不知道叫啥了，就從簡吧。」

　　他們走到一家奶茶店，她拉著他進去買奶茶喝。許若一對店員說：「你好，我要一個珍珠奶茶。張若安你要什麼？」「我要一個芋泥奶茶。」付完錢後他們坐在旁邊的椅子上，張若安看到許若一乖乖地坐著，忍不住打趣她：「剛剛那副炸毛的樣子去哪了，怎麼成乖乖女了？」「我本來就是乖乖女。」

　　拿上奶茶後他們邊走邊喝。許若一看到了一個熟悉的身影，走進一看，是她的林墨姐姐。她趕緊喊她：「林墨姐姐！」林墨聽到聲音後也走了過來，臉上有著驚喜：「真巧，是你呀，小若一。」「林墨姐姐穿的好漂亮，這是誰？」許若一看到她旁邊有一個男人，覺得這個男人就是她的男朋友，但她還是想在確定一下。「這是我的男朋友呀。」聽到這句話，許若一心裡涼了半截，雖然心中有了千真萬確的答案也有了準備，可是真聽到她的話還是很心痛。林墨指了指她給男人介紹：「這是我的好朋友兼妹妹，她叫許若一，我一般都喊她小若一。」「你好。」「你好。」林墨看到了張若安，問

許若一：「小若一，你出息了，有男朋友了。」「哈哈不是，是我朋友啦。他叫張若安，是我最好的朋友。」許若一推了下他：「這是林墨，之前和你說過的。」張若安說：「你好，我是張若安，多多指教。」「你好，我是林墨，你也多多指教。」他們簡單聊了幾句後，林墨看了看手錶說：「不早了，我們還預定包廂和朋友吃飯，再見了張若安我們下次再聊吧。」「拜拜林墨姐姐。」「拜拜。」

目送林墨離開了，許若一成了駝鳥樣，魂不守舍的走著路。張若安看著她這樣，想要安慰她可是不知道說什麼好。往前走著，一個買桂花糕的小攤映入眼簾，那是張若安常買的小攤桂花糕。他趕緊拉了拉她，然後說：「好啦別難過了，出來玩要開開心心的。那個小攤的桂花糕很好吃，走我帶你買點。」許若一也不想打斷他的興致，於是就跟上去了。張若安買了很多桂花糕塞給許若一，讓她別想那麼多，回家吃點桂花糕，甜的東西會讓人心情好。和張若安逛完就告別回家了，當然小雞是他先拿走了。

許若一回到家後，照例把東西放好，摸摸年年，換好衣服就待自己房間了。姥爺問她：「你怎麼每次都待房間不出來說說話。」「我沒心情。」她從書架上拿出一個相框，上面是和林墨的合照，這是她費了好大的勇氣和林墨說一起拍照的。前一天晚上許若一拿出 jk 裙，法式復古長裙，露肩蛋糕裙……多件。纏著問甜甜：「甜甜，明天我和林墨姐姐去

拍照，穿哪件合適。」她無奈的說：「都挺好看的，你穿哪件都行啊。戀愛中的女人果然傻乎乎的。」「你才傻，算了不問你了，我自己去挑。」許若一想了一個晚上，最終選了粉色 jk 裙。想到這些，她輕輕撫著相框，忍不住哭了，眼淚滴到相框，淚珠放大了林墨姐姐的臉。她以為她和她的距離只是背對而已，沒想到是遠隔千里，遠的她都看不清路。她喃喃地說：「林墨姐姐，我愛你愛的好辛苦。」

這幾天，她天天去張若安家，照顧小雞和大雞。張若安媽媽對她很好，也喊她若若，每次都做好吃的給許若一。張若安想多吃一點，他媽媽就用筷子敲他手，給他說：「你小子，少吃點。要照顧好女孩子。沒看若若還沒吃飽嗎？」許若一每次都笑笑，和他媽媽說：「沒事的阿姨，讓張若安吃吧，我已經快飽了。」

許若一背著二胡來教張若安，教他指法，握弓手型都會有不可避免的身體接觸，碰到手。張若安每次臉紅，她不以為然，她是老師，他是學生，教他東西有身體接觸天經地義。她看到都會說：「你臉紅什麼，老師兼朋友教你呢。」張若安漸漸就習慣了。因為他初學，拉的跟鋸木頭一樣。許若一也不會嘲笑他，因為她也是從這個時候過來的，只不過她這個時期非常短，因為這些太簡單了。她這樣認為可張若安不這樣認為，他每次都說：好難。」「你多練練就不難了。」花了 5 天，張若安學會了哆來咪發唆，許若一就開始教他曲

子。「你拉一下《八月桂花遍地開》，我先教你一遍。」她一個音一個音慢慢拉，給張若安講解：「你可以先看譜子一段，然後你注意手形再去拉。不要使太大力……張若安再去繼續練，3個小時，他終於把《八月桂花遍地開》學會了。

　　一天天過去，小雞和大雞漸漸長大了。每次許若一去看它們，它們都黏著她，一直跟著她。把許若一當媽媽了，也不知道怎麼回事，小雞和大雞把她當媽媽，年年把她當媽媽，連李恩哲都叫她媽媽。難道許若一散發著母愛的光輝嗎，哈哈。

　　這天下午，許若一想到了什麼，她給李主任發了一條訊息過去：主任，下次見面我們能拍一張照片嘛？我想做個紀念，畢竟你對我這麼好。隨後李主任也回了訊息：可以。她心情又好了幾倍，她想把美好的事物與人都用張若安送的拍立得相機記錄下來。

　　「若若，若若！」甜甜推開店門，高興的拿著一個小泡沫箱走向許若一。「甜甜，你來啦，這是什麼呀。」她把泡沫箱塞給許若一，神秘地說：「給你買的禮物，只給你買了，他們都沒有。」「真的？謝謝甜甜！」張若安不滿地說：「我們都聽到了，不給就不給吧，讓我倆看看總可以吧。」「那倒行，若若，拆開看看吧，給你買的櫻桃。」許若一拿起剪刀剪開泡沫箱的膠帶，掀開蓋子後，一個個又紅又大又飽滿的櫻桃映在眼前。「哇，一看就很好吃，謝謝你啦甜甜。我

給你用這些櫻桃做個黑森林蛋糕吃吧。」「若若最好了。」甜甜一把抱住她。「恩哲，借下你廚房了。」「沒問題。」

　　許若一先做酒漬櫻桃，先把櫻桃洗乾淨，然後去核加朗姆酒和白砂糖拌勻就行了。甜甜拿了個櫻桃過來問她：「若若，你看這像什麼。」「這不就是個櫻桃嘛。」「你再仔細看看。」許若一拿過來端詳起來，一個連體櫻桃。她突然想到了什麼，哈哈大笑起來：「哈哈哈我懂了，真有意思。」甜甜也跟著笑了起來，兩個人笑了好久才停下。李恩哲看到許若一和甜甜捧腹大笑的樣子，無奈地說：「兩人沒救了，一個櫻桃有啥好笑的。」「你不懂，這是我們的梗。」

　　現在做巧克力蛋糕胚，準備好雞蛋，牛奶，低筋麵粉，可可粉，玉米油……若安看著許若一嫻熟的樣子忍不住誇讚一句：「真厲害，什麼都會做。」「你就別恭維我了。」他看這段時間許若一還可以，就問她：「最近自己覺得怎麼樣？」「不咋樣，昨天沒吃藥躁狂發作了。我發神經把以前刪的人加上了，一直哈哈笑，問他們你還記不記得我了，我漂不漂亮，要給他們發照片問他們吃不吃蛋糕。」「噗哧。」他忍不住笑了起來。「你也笑。」「那最後怎麼樣了？」「一個回了我三個問號，一個沒說話。今天早上清醒過來差點沒把我嚇死，道了歉又給他們發了一百塊紅包作為精神損失費，讓他們當昨天的事情沒發生過也當沒有過我的出現。」李恩哲聽到後哈哈大笑起來：「賠了錢又丟了面子，哈哈哈哈。」

許若一生氣了，把糊了蛋糕糊的刮刀拿起來打李恩哲：「你笑就算了還這麼大聲，這麼大聲就算了還嘲笑我」。蛋糕糊甩到他身上，連連求饒：「許小姐，我錯了別甩了，我這件襯衫很貴的。」她推了一把李恩哲就轉頭去做蛋糕了。

甜甜臉蹭到許若一身上說：「若若，哪天把年年帶過來唄，我想它了。它最近怎麼樣？」「還可以吧，每天都想和我貼貼，不停占我便宜。」「這還好是只小貓，這要是個男孩子，你直接一個耳光上去了吧。」許若一拿手比劃：「不止一個耳光，我還要給他一腳讓他沒有以後的幸福。」「哈哈哈你狠。」

很快，巧克力胚烤好了，可還要晾兩個小時。於是打算看看電影，他們慵懶的坐在懶人沙發上，系統隨機選了一部愛情片。電影大概就是講了一對情侶相愛，但歷經千辛萬苦，遭到家人的反對，社會的歧視……可最終還是抵過了一切，結婚了，什麼都將他們分不開。電影的最後一句臺詞就是：我愛你。看完電影後，許若一忍不住說了一句：「能和喜歡的人結婚是上輩子積了德吧。」甜甜說：「臭丫頭，你想結婚了？我之前可是聽你說過，你不想結婚嗎？」「可是，只要是互相很喜歡很喜歡的人就行。我希望我這輩子一直都不變的觀念的事：只和互相很喜歡很喜歡的人在一起。」甜甜又忍不住問：「你說林墨嗎？」「她不喜歡我，我這些觀念，還是不適用於我。」全場氛圍尷尬，周圍都凝固起來。李恩

哲先打破沉默安慰許若一：「可是還會遇到對的那個人的。」「遇不到了。」張若安趕緊拉許若一起來：「行了行了不說這些了，蛋糕也晾好了你趕緊去做蛋糕吧，我們幫你打下手。」「好。」

許若一打開活底模具，把巧克力蛋糕胚取下來，分片。從冰箱取出奶油和巧克力，做成巧克力奶油。然後抹胚，擠花樣，撒上巧克力屑，放櫻桃，完工。把蛋糕放在桌子上說：「吃吧。」甜甜抱住了許若一說：「耶，若若真棒。」李恩哲切蛋糕，切了四塊分給每個人，又做了三杯香草拿鐵和一杯檸檬紅茶。張若安說：「忘掉那些沒必要的，讓我們為以後的美好生活乾杯。」「乾杯！」

許若一回到家，換好衣服後就開始躺在床上刷視頻。刷著刷著刷到一條新聞：因初中遭班主任多次體罰，男子二十年後當街攔下班主任，多次辱罵並怒搧其耳光。看完後許若一只能說一句：「那個老師活該。」她也想遇到那些霸凌她的人，打他們一頓。她不是聖母，沒有大慈大悲的心腸。討厭網上說那些要感謝傷害你的人，這句話本身有毛病，為什麼受到傷害了還要謝謝他，愛就是愛，狠就是狠，沒必要去硬說感謝的話。真的做不到原諒他們，無法和解，在無數個夜不能寐的夜晚，她都在飽受這些他們帶來的傷害，讓她噁心，痛苦。這些在別人眼裡可能不值一提，還可能覺得她矯情，刀不往身上砍真的不知道痛，站在自己以為的最高點去

評價指責，可他們只看到了一小面。在以後的歲月裡，只有幾句話，「啊？不知道了。」「你是糊塗了吧沒有的事。」「害，這點小事你還記得。」

可是他們不知道，他們不知道的。他們不知道知道被當成賣的是什麼滋味，他們不知道被男同學親臉她有多害怕，他們不知道男同學和她開黃腔她有多噁心，他們不知道同桌當著全班面貶低她的有多難過。

後來她和陳醫生還有甜甜傾訴，答案很一致：現在過一下嘴癮就行了，你不能放下心中的仇恨，那就十年不晚。但現在要把精力放在，你一生要關注的事情上。心裡要裝一生的目標。你在把仇恨天天裝心裡，可就要真的毀你一生了。仇恨不能忘記，但不必天天想，它會消耗你所有的精力和積極的情緒，一兩年了你回頭想想。君子報仇，十年不晚，這常言說的就是分清是非的緩急。

現在許若一除了別的，就是為仇恨活著。她不甘心就這樣，要活的比他們更好更精彩，壞人活不久，而她會穩穩當當，安安心心活到一百歲。活著也要活精彩了，也要做屬於這個年齡該做的事情。有機會收拾他們了，也不能讓別人知道，讓他拿不到把柄，讓他們為當初的所作所為後悔莫及。

晚上後，她又躁狂發作，在房間裡哈哈大笑，睡不著。腦子興奮又轉的很快，覺得自己美貌無雙第一漂亮所有男生

都喜歡她，又想學八國語言救人。這聽起來很荒謬，但真的不是玩笑。

　　她又想到林墨，又點開微信和她的林墨姐姐打語音電話。響了幾聲後接通，傳來林墨的聲音：「小若一，怎麼了？」「林墨姐姐，你幹嘛呢？」「我寫論文呢，你怎麼還沒睡。」「我睡不著。想問問你在幹什麼。林墨姐姐，你幸福嗎？」「啊？」林墨懵了，不明白許若一為什麼會問這樣的話，但還是答道：「我很幸福啊，家人朋友都對我很好，我對象也很愛我。」「林墨姐姐，你幸福就好。」林墨沉默了，過了一會兒，她問許若一：「小若一，你是不是喝酒了，還是吃藥迷糊了？」今天她真的好奇怪，大晚上不睡覺給她打語音，平常都是打字，還問她幸不幸福。「我很清醒。姐姐，你知道嗎，我不幸福，我心裡好難過好苦。」「為什麼難過？」「我喜歡的人不喜歡我。」「啊……若一，你喜歡誰？」「我不能說。」許若一哭了，在手機旁邊抽泣。「小若一，他不喜歡你也沒有辦法，愛情不能強求的。你想想，你喜歡的人開心，你也會開心，他不開心了你也會不開心對吧？你要讓他走他想走的路，你們可以一起進步，相互學習，那也挺好的呀。」「姐姐，我心裡無數次都在幻想與她見面的場景。每次走在街上看到情侶們我心裡很失落，不能和她在一起，不能在一起走在夜市分享甜蜜的冰淇淋，不能在公園一邊閒逛一邊說左鄰右舍的八卦，不能在咖啡館我用叉子插爛可頌而她皺著眉頭說我浪

費。」「小若一，有些東西未必非要得到，你見過花開就行了，見過最美麗的那一刻就行了。現在雖然有點難接受，但是時間會治癒你的傷口。」「我明白了姐姐，今天謝謝你了，我困了你也早點睡吧，晚安。」「嗯，晚安。」掛斷電話後，許若一看了一眼牆上掛的海灣照片。讓她想到了阿拉斯加海灣，阿拉斯加海灣，九大海灣之一，它的海面會呈現兩種顏色，一片是雪碧色，一片是奶茶色，因為密度不同，這兩片海雖然緊緊貼合但卻不能融合在一起。就像有的愛，雖然關係緊密，但就是不能在一起。

　　許若一躺在床上，摸著鎖骨上的項鍊，那是林墨姐姐送給她的。林墨送完的那一天後，她就一直戴著。除了洗澡的時候會損傷項鍊的材質以外。每次她睡不著就摸摸項鍊，這不僅僅是一個項鍊，這裡面包含著和林墨的一切，緊緊地把她們聯繫到一起。有這條項鍊在，許若一就一直安心。

　　第二天醒來後，許若一還沒清醒，昨晚的回憶洶湧的灌進腦子裡，心裡想：昨天給林墨姐姐打電話了？我都說的是什麼啊救命。趕緊拿起手機給林墨發語音：「姐姐，昨天不好意思了，我昨天發病了，今天才清醒明白了，昨天對不起了，和你說了好多奇怪的話。」過了十分鐘，林墨的語音也傳過來：「沒關係的小若一，你沒說什麼。以後有什麼難過的和姐姐說，姐姐在呢。」「謝謝姐姐了。」其實許若一還想說：「林墨姐姐，我想你了。」可怕她多想了，於是換了

一種說法：「姐姐，你想出來玩嗎，我可以做蛋糕給你吃。」「可以啊，小若一，你想去哪裡玩。」「我去哪都可以，主要是想見姐姐了，哈哈。」「那我們去森林公園玩吧，明天見可以嘛？」「好的哦，姐姐。」

掛斷電話後，許若一心情好到爆棚。家裡人看到她笑嘻嘻的問她為什麼開心，她說明天和好朋友出去玩。

到了李恩哲的咖啡館後，她看不進去書，心裡想到明天和林墨出去玩就一直笑。好幾桌的客人都盯著她，覺得這姑娘有點傻。李恩哲看到她這樣就說了一句：「許若一別笑了，明天就是出去玩嘛。之前看你和林墨出去玩也沒這麼開心啊。」「別提了，你又不在。當時她把我纏的我都懷疑人生了。」甜甜推開店門邊走邊和他們說。許若一去挽住她的手：「唉呀甜甜，你理解一下，等你以後遇到你喜歡的人你也會這樣的。你看我提的包裡面是什麼，是美甲和衣服。等會你倆幫我看看穿哪件衣服和美甲合適，對了甜甜我帶的指甲片多，你也可以做一個……「又開始了，我暈，你饒了我吧。

到了晚上，許若一翻來翻去睡不著，一直在想明天要以什麼姿態見林墨好。今天纏了甜甜和李恩哲兩個小時，他們最後都不理她了，也沒決定好要穿什麼。算了，明天見機行事吧。

到了第二天，她起了個大早，洗臉刷牙，卷頭髮化妝換

衣服，最終選了一個碎花連衣裙和鏤空花朵外套。收拾了一個半小時，簡單吃完早餐後就準備出門了。她坐上公車，靠在窗邊聽著歌。是《喜歡你》，裡面有幾句歌詞許若一最喜歡：我喜歡這樣跟著你，隨便你帶我去哪裡。你的臉，慢慢貼近，明天也慢慢地慢慢清晰。我喜歡你愛我的心，清楚我每根手指感應。我知道，它在訴說著你沉默言語。是啊，無論你帶我去哪，無論做什麼，只要是你，都沒有問題。「森林公園到了，請到站的乘客有序下車，謝謝。」車內廣播響起，許若一趕緊站起來走到出車口。纖細白皙的小手扶著車杆，許若一的手腕很細很細，好像別人一用力就折斷。車停了下來，她下車後就往森林公園大門口走。

　　她一眼就看到了林墨，即使在千萬人之中，她也能準確無誤地把她找出來。「林墨姐姐！」許若一笑著跑了過去。「小若一。」林墨寵溺地揉了揉她的臉說：「小美女，越長越漂亮了。」「嘿嘿，林墨姐姐也是哦。」她們笑著走進了公園，看著鬱鬱蔥蔥的樹木，和談笑風生的老人，還有調皮戲耍的小孩。「小若一，你看。」「什麼？」她順著林墨指的方向看去，是一群鴿子。許若一勾起了童年回憶，想起了小時候她爸爸經常帶她去人民廣場餵鴿子。於是說：「那我們也去餵鴿子吧，挺好玩的。」「哈哈，走吧小若一。」到了圍鴿子的圍欄旁邊，有一位老闆。許若一說：「老闆，我們要餵鴿子，多少錢一包飼料？」「十塊錢兩包。」林墨拿出錢包

說：「那拿兩包吧，我付錢。」許若一趕緊上去攔她，可她爭不過林墨，只好說一句：「姐姐，這樣太麻煩你了。」「沒事的小若一。」林墨把一包飼料給了許若一：「餵吧。」「謝謝姐姐了。」把飼料倒在手上，雪白的鴿子立馬飛了過來站在他們手上。貪吃的鴿子一口一口啄著飼料，突然它一口咬上了許若一的手指。「唉呀！」一陣疼痛襲來，手上的飼料也全撒到地上，鴿子全圍過來吃掉。林墨趕緊跑過來問她：「怎麼了小若一，怎麼了？」「嗚嗚嗚，鴿子咬我。」「咬的疼不疼，出血沒有，我看看。」林墨直接抓住了她的手，惹得許若一一陣臉紅，心好像要燒起來一樣。青春期嘛，和喜歡的人有身體接觸，害羞是很正常的。她看著林墨著急的樣子，心裡害羞又興奮。「小若一，你好點了嗎？小若一？」林墨看到她沒有反應，又喊了一聲她。「啊，啊林墨姐姐，沒事。」「那就好。」

這一個小插曲並沒有影響到她們的心情，只是許若一更興奮了。沒想到林墨會直接抓住她的手，還那麼關心她，她太好了。林墨一路上還在給許若一指哪裡的風景好看，可是她哪顧得上看風景，全在為剛剛的小插曲竊喜。

很快就到了該分手的時間了，許若一戀戀不捨地說：「姐姐，我不想和你分開。」「小若一，我們下次還會再見面的，又不是以後不見了。」「姐姐，你可以再抱一抱我嗎？」她話音剛落，林墨就抱住了她。「姐姐……「怎麼了小若一？」

許若一抱緊了她，說了一句：「沒事。」她不捨地鬆開了林墨，和她說：「姐姐，我走了，再見。」「再見了，小若一。」

坐上公車上，她還是靠著車窗，這次沒有聽音樂。只是默默回想今天的一切，從一開始精心打扮見林墨，到中間她被鴿子咬林墨關心她，到最後的一個擁抱收場。林墨姐姐真好。

「叮咚～」下課鈴響起。文學課老師說：「同學們下課了，今天把三十二頁到三十五頁的練習做了。等後天我們再見。」同學們齊聲：「老師再見。」許若一收拾書包後發現甜甜在門口等著她，看到許若一出來後笑著說：「若若，你們下課有點晚了，我一直等你呢。」「抱歉，讓你等著急了吧。老班一直拖堂，我也沒辦法。張若安一會就下課了，我們等會他，等會一起去吃火鍋。」「嗯嗯。」她們坐在教室旁邊的位置上聊天，幾天沒見了，許若一一直在說著上次和林墨出去玩的事。

「呦，是甜甜啊，長得越發美了。」一個男生走過來調侃著甜甜。許若一覺得有點不對勁，於是小聲問甜甜：「你認識他嗎？」「他是我同學，一直追我，我不喜歡他，一直沒答應他。」男生開口：「喂，甜甜，為什麼不理我？」甜甜看到他這樣說，只好回答：「不好意思，我在和我朋友聊天呢。」男生看了下許若一：「呦，也是個美女嘛。要不要考慮一下伺候一下小爺？」甜甜看到他這樣說許若一，氣憤

地罵他：「你他爹有病啊，趕緊給我滾，別讓我再看見你。」那男生猥瑣地摸了摸甜甜的臉，說了句：「夠味。」許若一一下子火了：「你摸哪呢，摸哪呢！」她扔下書包，拿手推了幾下男生。「喲，還是個性子夠烈的，我喜歡。」他又順勢摸上了許若一的手。「你他爹再給我摸，再給我摸？！」她一腳把男生踹在地下。「你敢打我？瘋女人你不要命了。」他一把將許若一也拽在地下，開始廝打起來。下課的同學都看到了他們在打架，都圍成群看，沒人敢上去勸。「若若，別打了，別打了。」甜甜上去拉許若一，可許若一說了一句：「甜甜，走開！」男生比許若一矮，再加上她長期健身打拳擊，他根本不是她的對手。

「誒誒你知道嗎，我看到前面一個男生和女生打架，太嚇人了。」「可不是嘛，那女生可高了，把那男生按在地上打呢。」張若安聽到同學的談論聲，心裡總覺得不對。高？許若一不就挺高嗎？她脾氣有時候就會很暴躁，不會打架就是她吧？張若安趕緊放下書包，跑到人群去查看。

「唉呀。」一個圍在前面的女同學看到這幅情景，嚇得手裡的美工刀掉在地上。男生看到後，見準時機拿到，打開，嘶拉！「啊！」許若一的高領打底衫和皮肉被美工刀劃開，一道鮮血飛了出來。她因為疼痛攤坐在地下：「你這個畜生，打不過就要陰招是吧，有本事不搞這些，真槍實彈跟我打一頓。」男生看到許若一這樣，也覺得沒什麼打不過的，於是

說：「來呀，你這個賤女人，看我不打死你。」他伸起拳頭準備打許若一。「住手！」張若安一把抓住男生的手臂說：「你敢動她一下試試，欺負女生，你真厲害。」「若若！」甜甜趕緊跑過來，看到許若一的傷口自責的哭了：「都是我，都是我不好，害得你受傷。」「沒事甜甜，不是你的錯。」

　　「老師來了！」一個同學喊道。許若一的文學老師和教導主任都來了，同學們趕緊散開讓老師走過去。教導主任嚇了一跳，帶血的美工刀，被刀撕破的衣服碎片，還有許若一身上的血。顫抖地說：「這到底是怎麼回事？」文學老師說：「你們都跟我到辦公室來。」甜甜把許若一扶起來，拿餐巾紙給她擦血。張若安問她：「沒事吧許若一？有沒有受傷？」「沒事，剛才謝謝你了。小傷口，問題不大。」

　　「許若一，你為什麼打架？」文學老師生氣地問她。「討厭他。」「……」老師沉默了，沒想到是這個回答。教導主任問：「為什麼討厭他？」「他剛剛騷擾我朋友，又摸我的手，我氣不過才打的他。」話音剛落，男生就吼了起來：「誰他媽摸你了，你有被害妄想症嗎？你莫名其妙打我一頓，我要找你要賠償。」「好啊。」許若一把手提包打開，拿出一疊鈔票遞給男生：「給你錢，你再讓我打一頓。」「你……夠不要臉的。」張若安說：「你給我嘴巴放乾淨點，別讓我打你。」甜甜著急地說：「老師，這件事都是我的錯，你別罰若若，你要罰我就罰我好了，是她為我出頭的。」「甜甜，

我說了不是你的錯⋯⋯「夠了！」教導主任看他們這樣吵來吵去的，也沒個結果。學校就怕出這樣的事，打的還見血了，家長再來鬧就完了。教導主任只好說：「到底是怎麼回事，我們看看監控就知道了。」

到了監控室看監控，聲音很模糊，但確實能知道他們在吵架。也看到了男生確實摸了許若一和甜甜，還有他們打架。「老師，我是摸了她們兩個，但不至於打我吧，有什麼話好好說就行了。」甜甜被氣笑了：「你能不能說話前在腦子裡過一下詞？好好說話，你剛剛拿刀劃若若我沒可見到你要好好說話的樣子。」「行了別吵了。」教導主任看他們這樣，要吵到什麼時候。和那個男生說：「你騷擾她們兩個，她打了你，你也往她脖子上劃了一刀。你們兩清，再不要鬧了。打架確實不對，你們給我交八百字檢查，要不然都別來上課了。」教導主任又給老師說：「小王，你一會和他倆的家長打個電話，安撫一下他們。尤其是那個姑娘，都見血了。」「好的主任，許若一你跟我來。」老師讓許若一跟她到辦公室，見甜甜和張若安要跟過來便說：「你們都別過來，就許若一一個人來。」

「許若一啊許若一，你怎麼回事？」「路見不平，拔刀相助啊。」老師已經無語了，眼前的這個姑娘雖然文學成績好，但是每次說的話都讓他捉摸不透。「君子動口不動手，怎麼樣你也不能打架。」「我不是君子，我是小人。」「⋯⋯」

老師喝了口水，喘了口氣說：「你給我發誓，你要是再打架，你喜歡的人不喜歡你。」老師也年輕，天天看許若一朋友圈發的小短篇就知道她有喜歡的人了。要改正她的錯誤，先從弱點下手。「老師，你讓我幹啥都行，別讓我發誓。」「怎麼害怕了？我估計你喜歡的人也不喜歡打架的人吧。想好了，和我發誓，然後你回家。不發誓我就和你在這耗著，我不怕。」許若一眼神飄忽不定，門外也有在等她的甜甜和張若安。算了，發誓就發誓吧。「我發誓，我許若一要是再打架，我喜歡的人就不喜歡我。」老師笑了：「行了，回去清理一下傷口好好休息一下吧。晚點我給你爸媽打電話，說一下情況。」「好的謝謝老師。」許若一趕緊灰溜溜的走了。

　　「若若你還好吧，老師有沒有說什麼？」甜甜擔心地問她。「沒有，他就說以後別讓我打架了。」「那就好，今天都是我的錯。」許若一打了一下甜甜的腦袋：「都說了別讓你說這句話了，搞什麼受害者有罪論。我今天打架也解氣了，你要再這樣我跟你絕交了。」「別若若，我不說了，我就是有點自責。」「自責什麼，別想那麼多了。」張若安問她：「許若一，你回去了要怎麼交代，你看你一衣服的血。」「該怎麼說就怎麼說唄，他們又不敢打我。」

　　家裡人不敢打她，但敢罵她啊！

　　回去了姥姥看到她一衣服的血，凌亂的頭髮氣的說她：「你個死娃娃還去和別人打架，你能打得過男娃娃嗎？那可

是刀啊，要是劃到脖子的大動脈怎麼辦？」許若一來氣了：「女的怎麼打不過男的了，他又瘦又矮的。」她最煩老說什麼女的打不過男的，搞得跟女的是無反抗能力的家畜一樣。她媽媽走出來說：「總之你不能再打架了，我知道你是為了保護甜甜，可是實在太危險了。」「知道了，以後不打了。」

　　回到自己的小房間，許若一拿出鏡子，打算看一下傷痕。鏡中映出白皙的的脖子一道血痕清晰可見。她心裡默默想，爹的，下手這麼狠。刀傷的疤可難做到短時間就無疤痕，這沒幾個月好不了。下次見林墨姐姐怎麼辦。

　　於是她給張若安打電話，打算問問他該怎麼辦，感覺他很有經驗。立馬撥通電話，響了兩聲後張若安接通了，電話傳來張若安的聲音：「喂，許若一，怎麼啦？」「怎麼辦呢張若安，我仔細一看他劃的真狠。我估計沒一段時間好不了，下次我還要見林墨姐姐怎麼辦？」張若安笑了，說：「你也知道啊，那你為啥要打架呢？」「我這不是沒想到嘛，我現在可慌了。我不想讓她看見我這個樣子，我可以死，但我不能社死。」「那你先等傷口痊癒後去藥店買個祛疤膏吧，再拿個紗巾戴上。」「謝謝你啦，張若安，問你真沒問錯人，一聽就很有經驗，說吧打了多少次架？」他哀怨：「我打什麼架啊，以前學校有人老打架我帶他去醫務室久而久之就有總結了嘛。還有，以後千萬不要打架了，做一個遵紀守法的好學生。」「知道啦你怎麼跟我家裡人一樣嘮叨，今天只是

個意外，下次不會了。」

　　過了一星期，許若一該複診了。

　　今天要和李主任拍照，於是她起了個大早收拾自己。換了一件白色法式木耳花邊連衣裙，頭上戴了白色蝴蝶結髮夾。眼看時間快到了，趕緊穿好鞋子出門打車。到了醫院拿上號，人還是好多啊，專家號太難搶了。等了一個小時左右，終於到了許若一。她開心地進了診室，李主任看到她說：「今天穿的這麼可愛啊。」許若一不好意思地笑了。隨後他們坐到了一起拍了一張合照。小醫生說：「我也拍下來，主任和患者親密接觸。」

　　出了醫院大門後，許江和她說：「我看你調藥是次要，見主任才是主要吧。」「為什麼這樣說？」許江回答她：「你一見主任就開心。」「啊那確實。」

　　到了下午，許若一閑來無事，收拾了一下房間。快收拾完的時候她看到書桌抽屜一個紙角，抽出來發現是之前買的信封貼紙。靈機一動，想為林墨姐姐寫一封信，說幹就幹。她有好多的話想和林墨姐姐說，但直接說又說不出來，寫信是最好的途徑。

　　坐在書桌前簡單構思了一下，就開始動筆寫起來，每一個字都小心翼翼，生怕寫錯改動字體會影響美觀。信紙上一個個稚嫩的字體出現。

一個小時後，終於寫好了，寫的她滿頭大汗。上面全是她真真切切的心裡話：

　　親愛的林墨姐姐：

　　你好！

　　林墨姐姐，我有好多的話都想給你說，可是直接說我感覺會很尷尬，於是就用這種方式和你說，希望你不要介意嘻嘻。

　　我們認識也快一年了。從第一次遇見時，我就知道，接下來的生活，我們一定會很熟悉並相處的很好。我的第一預感一向很准，每次英語選擇題我的第一預感都準確無誤，這次也一樣。我沒有看錯人，疾病發作的時候你都第一時間出現，安慰勸導我，還有每次出去玩都是你付錢，這讓我很感激。在我的成長中，遇到了很多對我好的人，有陌生人，有同學，有朋友，你是其中一個，並且是對我最好的人。人們都說每個人都是過客，很多形形色色的人也聚了又散，也許我們也有一天會散？死亡？愛？但是在之前，我想和你在沿途欣賞最美的風景，度過最好的時光。因為你是我最不願意辜負和錯過的人。

　　我很期待我們以後的生活。也許你會繼續學習你所鍾愛的服裝設計，成為一名服裝設計師，去追求你自己的理想？也許我會繼續追隨文學和烘培，去當一名作家？甜品師？我

以後長大會是什麼樣子，平庸？成功？結婚生子？孤獨終老？但無論如何，我都會努力不成為自己最討厭的大人。

　　說完以後，說說現在吧。你愛哲學，我愛文學。我希望以後，你能給我講講哲學（因為太深奧了我看不懂哭哭）我很好奇陀思妥耶夫斯基他是個什麼樣的人，他的作品為什麼能成為曠世巨作？而我也會有和你講講莫言的文學小說，我想當你的小老師嘻嘻，而你當我的大老師。我還會給你做餅乾，蛋糕和麵包。在我看來，你很適合紅絲絨蛋糕和草莓奶油蛋糕。因為又甜蜜又溫柔（當然你喜歡別的也沒問題，我都會給你做，請相信我）你太瘦了，我一定要餵胖你。

　　最後，祝姐姐平安喜樂，事事如意。

　　寫完後，許若一開心的笑了起來。拿出粉紅色的信封，小心翼翼地把信紙放進裡面。然後又拿出小熊小貓貼紙裝飾了一下，大功告成。

　　她把信放在手提包裡後，就給林墨打電話打算告訴這件事，電話很快接通了，許若一趕緊說：「林墨姐姐，我給你寫了一封信，你想看嗎？」「小若一，怎麼突然想起給我寫信了？」「就是突然想起的嘛，有好多話想和你說，但不知道從何說起，就想以寫信的方式和你說。」「那小若一，你打算什麼時候給我呢？」「姐姐什麼時候有時間呢，到時候我們出來我給你。」「我明天有時間。」明天？這麼快？許

若一快速的想了一下，和林墨說：「那就明天吧，要不要來我朋友的咖啡館坐坐？」「好哦小若一，那我們就明天見。」「好的，姐姐再見。」掛斷電話後，她快速收拾了一下，穿上鞋子去找李恩哲。

　　「恩哲，恩哲！」她還沒有推開店門就大聲喊著李恩哲的名字，正在休息的李恩哲聽到後趕緊出來問許若一：「喊啥喊，喊魂呢？」「唉呀明天有個大事，你得幫幫我。」他把她拉到座位上，非常好奇是什麼事，於是發問：「什麼大事啊？」「我寫了一封信，打算送給林墨，約在你這裡見面你幫幫我可以嗎？」他笑了出來：「來就來唄，正好我也想看看她什麼樣，你要我怎麼幫你？」「明天打扮好看一點，然後把你這裡最好的咖啡上來。」他有些疑惑：「幹嘛要我打扮好看啊，你打扮好看不就行了。」「你要給人一個好的第一印象啊，更何況你還是我朋友，這是加分項。」「行行我知道了。」「哦對了，明天張若安和甜甜來不來？」許若一突然想起來他們。「他倆明天都有課，來不了。再說了，電燈泡越少你越開心不是嗎？」「唉呀，別說大實話。那我走了，明天見哦。」「明天見。」

　　許若一回到家後，對著一衣櫃的衣服犯了難，明天穿什麼好呢？她把好幾件裙子扔在床上一件件挑，這件穿過，不好，這件太誇張，不好。選來選去，最後選了一件珍珠奶油蛋糕裙，上面帶有小碎花。頭飾打算選一個粉色蝴蝶結髮夾，

鞋子選瑪麗珍小皮鞋，香水用香氛玫瑰味的。選好衣服已經到晚上了，但她躺在床上怎麼也睡不著，腦子興奮地一直在轉。凌晨三點才沉沉睡去。

　　「叮咚～叮咚～」鬧鐘鈴聲一直催促著許若一起床，她迷迷糊糊地把按下鬧鐘，爬了起來。起來後簡單刷牙洗臉，吃完早飯後就開始打扮自己了。先換好裙子，準備紮公主頭，公主頭很麻煩，她紮了半個小時才弄好。然後帶上髮夾，噴好香水穿好鞋子。她看著鏡子中的自己，又想起林墨姐姐，她能很清楚聽到她自己的心跳，撲通撲通的。趕緊調整了一下自己，就出發去咖啡館了。

　　到了咖啡館後，看到李恩哲也打扮的很好看，灰色襯衫配西裝褲。許若一開心地走過去拍了拍他的肩膀：「謝謝你啦兄弟。」他看了看許若一，發現她有點出汗手又微微顫抖便說：「說什麼謝，你都出汗了別緊張。」「我緊張個啥，哈哈。」

　　「小若一。」林墨推開店門，喚著許若一。店門引起的微風吹在許若一的身上。林墨姐姐來了。她穿著黑色木耳邊泡泡袖上衣和淺藍色牛仔褲，頭上戴著黑色運動帽。許若一呆呆地看著她，每次看到她都很驚豔。「小若一。」她見許若一沒有反應，又喊了一聲她。「哦，林墨姐姐，你來了。」她反應過來，趕緊把林墨拉到櫃檯打算給她介紹李恩哲。他介紹自己：「你好，我叫李恩哲，恩是恩賜的恩，哲是哲學

的哲，你也可以叫我恩哲。我今年 18 歲。是一名咖啡師，這就是我的小店。以後多多指教。」「你好呀，我叫林墨，今年 20 歲，是個大學生，也請你多多指教咯。」

李恩哲把他們領到了一個比較私密的座位，上面有簾子，很好的保護了隱私。他用眼神示意許若一：瞧，我多機智。許若一也用眼神示意他：對，是你機智。他又問林墨：「林墨，你愛喝什麼咖啡？我這邊都有。」「有美式咖啡嗎？不加糖的那種。」「有，當然有，請稍等。」李恩哲說完就轉頭去準備了。兩人入座，許若一笑著和林墨說：「林墨姐姐，你來我真的好開心。」林墨笑著摸了摸她的頭說：「我也很開心啊，又能見小若一了。」許若一害羞的低下頭，莞爾一笑。「好香啊，小若一。」「啊，是嗎，是我噴的香水。」她聽到她這樣說，於是從手提包拿出了那瓶香水給林墨看。「挺好的，回頭把連結發給我吧，我去買一瓶。」「姐姐如果你不嫌棄的話，這瓶就給你吧，我才用了一次。」林墨婉拒：「不用了不用了小若一，姐姐自己買就行了。」許若一直接塞給了她：「姐姐你就拿上吧，你平時那麼照顧我，這樣我不好意思。」「好吧，謝謝小若一哦。」林墨收下了。

「咖啡來咯。我可以進來嗎？」許若一聞聲趕緊說道：「啊啊，進來吧。」李恩哲端著一杯美式咖啡和檸檬紅茶進來了：「你們慢用，好好聊哦。」林墨向他道謝：「謝謝你啦，恩哲。」「不客氣。」林墨品了一口咖啡讚道：「味道果真不錯，

小若一，你的朋友都好厲害，有才又有顏啊。」許若一不好意思地笑了笑：「姐姐太過誇獎了。」「真的，我在別家喝的咖啡寡淡無味，這裡的咖啡味道特別純正。」她趁火打鐵：「那姐姐就經常來吧，我和李恩哲都在。」「好哦，對了小若一，你要給我的信呢？」許若一拿出手提包，把信掏出來：「在這裡，我寫的不是很好，請姐姐不要嫌棄。」遞給了她。「當然不會。」林墨拿著信端詳了一下，說了一句：「太可愛了。」她心裡想，可愛？是我可愛還是信可愛？管它呢，反正我很開心。林墨神秘地說：「我想拆開看一看哦。」許若一趕緊攔著她：「不不不，不行，你回去再拆。」「好好，我回去再拆。」

　　「叮咚～叮咚～」林墨聽到鈴聲後，抱歉地說：「不好意思，我接個電話。」林墨看到螢幕上顯示的來電人姓名，不自禁笑了一下，隨後接上電話：「喂，老公呀。」許若一正在喝檸檬紅茶，聽到「老公」兩個字，心裡震了一下。繼續傳來林墨的聲音：「唉呀我在外面玩呢，就是和上次夜市碰到的那個小姑娘，沒有男人。好好好知道了，晚點回去聯繫你，愛你哦。」許若一聽不清她的男朋友說的什麼，但是她的那句「愛你」紮在了她的心尖。後面聊的天許若一已經不記得了，自那兩個字說出後，她的心全在這兩個字身上，忘了後面說的話了。她只記得和林墨告別的時候說了一句：「姐姐，路上注意安全。」

目送林墨離開後，她靠著墨綠色牛皮沙發上，兩行淚控制不住的流下來。李恩哲見到許若一半天不出來，就過去看了一下，就看到這幅景象。他拿了紙給許若一：「擦擦吧。」她接過紙，一點一點擦著眼淚，擦的越多流的越多。良久，才控制好自己。「恩哲，你知道嗎？道理我都明白，可是聽到她那兩個詞「愛你」和「老公」我真的繃不住了。我一想到她會和別人戀愛，結婚，生子，我的心就好痛好痛。我的感觀，我的情，都與她緊緊連在一起。一下子被撕裂，我真的痛的死去活來。」李恩哲歎了口氣說：「我理解你的心情，可是，你要接受現實。」「我什麼都明白，我比誰都清醒。」還沒有等他說完，許若一就打斷了他。「我只是搞不懂，為什麼上天這麼愛開玩笑。給了我幸福，卻又不完全給我。這一切可以用一句詩來概括：終是周莊夢了蝶，你是恩賜也是劫。這一切都好好笑，我怎麼會愛上她。我曾無數次想把愛

情化為友情，可怎麼也做不到。是否我的情愛，一開始就是錯的。」李恩哲聽完後，心裡五味雜陳的不知道說什麼好，只能說出一句最簡單安慰的話：「不是的，別哭了。」

　　「今天的章魚小丸子真好吃啊，還好我們今天下課早去的早不然都沒了，就不能給他們帶了。」「對呀，還好甜甜你速度快……張若安和甜甜邊說邊笑地進了咖啡館。看到李恩哲不在櫃檯上，又傳來哭聲。他們感覺不對，趕緊跑了過去，就看到許若一趴到桌子上抽泣，長頭髮散在大腿上，肩膀一抖一抖的。李恩哲一臉愁容，不知道怎麼辦好。張若安有點害怕：「怎麼了這是？」甜甜生氣地問李恩哲：「李恩哲，你把若若怎麼了？」他歎了口氣說：「失戀了。」話音剛落，許若一就抬起頭大哭：「為什麼會這樣啊！」甜甜著急的問她：「若若，你說說怎麼回事？」她抽抽嗒嗒地說了一遍事情全過程。甜甜摸了摸她的頭：「好了好了若若，別傷心啦，我們買了章魚小丸子，要不要吃點？」許若一心裡想，把這些壞情緒都收起來吧，至少要在他們面前保持開心，對吧。她答應下來，四個人一起吃完章魚小丸子聊了會，就各回各家了。

　　第二天，許若一心情還是不好。於是跑到了社區旁邊一個樓上的天臺上，這個天臺她從小時候就知道，心情不好時就會跑過去。

　　「找到你了，許若一。」張若安的聲音永遠比他的動作

要先到達。許若一問他：「你怎麼知道是我？」「我們都認識這麼久了，是不是你我還分不清嗎？」她沒有回答，只是默默看著遠方的的夕陽。他問她：「你平時經常跑到天臺來嗎？」「沒有。以前倒是經常回來，現在不了，只是偶爾。」「那我聽說你姥姥姥爺經常跑過來。」他不解的說道。「他們老是待在以前。」她又繼續說：「我以前，有不想活的念頭就會待在天臺上。望下去，好高好高，這要摔下去會痛死吧，而且還會血肉模糊。我恐高，也怕疼，也怕不體面。後來這個想法就慢慢沒有了，就偶爾心情不爽的時候來了。」「所以說，你今天心情不好，對嗎？」她苦笑地說：「其實你大可不用管我，我不會死的。」張若安皺著眉說：「這是什麼話，我是你好朋友，我不管怎麼行。」許若一往後移了好幾步：「我很快樂，很快樂。」「你是不是為了林墨不愛你而難過？」「沒有。」「你騙我。」「你別管我了，我已經不是以前的我了。」

　　這一年，許若一十五歲，沒有幹什麼，就是在尋光。

第三章

光之所至

八年過去了，許若一 23 歲了。

「喲，我們的許大老闆來了。李恩哲調侃道。「去去去，一邊去。」許若一推了他一下：「快讓座位，我要坐呢，今天忙開業活動累死我了，今天得好好喝一杯。」許若一拿起酒杯，打開紅酒的瓶塞，倒出酒一飲而盡。「今天忙吧，甜品師和老闆不好當吧。」「對啊，不過我做我自己喜歡的事，我很開心。」甜甜站起來舉著酒杯說：「來，我們乾杯，祝若若的甜品店生意興隆。」四個年輕人站起來一起乾杯。許若一說：「我們一定要開開心心，永遠在一起，甜甜，我們以後多多搞錢，爭取包養男人。」「誒誒，最後一個就不必了啊。」張若安阻止了她們。甜甜不耐煩：「女人說話，男人少插嘴。」「得，你們厲害，我惹不起我躲得起。」張若安拍了拍李恩哲：「走兄弟，我們再去點些酒，今天不醉不歸。」許若一搶答：「我要喝玫瑰人生！」「這個酒有些貴吧。」「管它呢，老娘有錢。今天客人挺多，賺了不少錢。」「行呢，我去給你們買。」酒過三巡，甜甜和許若一醉的不成樣子，走路顛三倒四，喃喃自語。張若安和李恩哲保持著清醒，因為要他們也醉了就真的完了。「放開我，我還要喝。」許若一大喊道。「誒喲我的姑奶奶，走了走了，別喝了。」張若安拿走許若一的酒杯，給她披上外套拉著她的手把她從店裡帶出來。「若若你怎麼走了，過來啊我們繼續喝。」甜甜搖搖晃晃地準備去找許若一。李恩哲同樣給她披上外套把她拉

走。李恩哲問張若安：「現在該怎麼辦啊？」「還能怎麼辦，叫計程車走把她們送回家呀。」

坐上計程車後，許若一和甜甜在車裡大喊大叫。司機一下怒了：「叫什麼叫，再叫從車上滾下去。」許若一和甜甜終於安靜些了。過了一會，旁邊車有個面容姣好的男司機。許若一大喊道：「小帥哥，加個微信吧，我們一起玩玩。」甜甜轉過頭去看，確實是個帥哥。也和許若一一起喊：「帥哥，把微信給我們吧，姐有錢，能包養你。」「胡說什麼呢你們。」張若安和李恩哲把她們的嘴搗住，給那位帥哥道歉：「不好意思啊兄弟，她們喝多了說胡話呢，實在對不起。」帥哥搖了搖頭表示沒事。

到了她們的家後，張若安和李恩哲把她們交給了各自的家人就離開了。許若一的姥姥看著她醉的不省人事，生氣地罵她：「你個死娃娃，跑去酒吧喝酒就算了，還喝醉。你是真想出事啊，大白天不見影，晚上就各種胡來。還好那兩個孩子善良，要不然你現在不知道落在誰的手中。」許若一暈乎乎地說：「唉呀，我就第一次喝了這麼多，以後不會了，來年年跳個舞。」年年已經十歲了，是老貓了，特別懶不愛動，看到許若一這樣，轉過頭睡覺，不理她。「你居然不理我。」許若一生氣了。許若一媽媽走出來說：「別說年年了，連我們都不想理你。一身的酒氣，趕緊洗澡去，和你爸爸一個樣子。」「唉呀知道了，煩。」許若一換了件衣服去洗澡

了，用的持久留香玫瑰味的沐浴露。她喜歡把自己身上搞得香香的，持久留香的洗髮水，持久留香的洗衣液。每次甜甜抱住許若一都會說：「若若，你身上真的好香。」洗好澡後，一身酒氣沒有了，酒也醒了準備睡覺。年年慢悠悠地走過來，嫻熟地上了許若一的床，靠在另一個枕頭上迷迷糊糊地睡著了。許若一保養皮膚後就掀開被子關了大燈，開了小夜燈。看到年年半張著嘴，憨憨地打呼嚕，許若一笑著寵溺地摸了摸它的頭。晚安，小傢伙。

　　早上，許若一醒來後頭痛欲裂，一定是昨天喝太多酒導致的。倒了杯開水後吃下了布洛芬，迷迷糊糊又睡了一會。不知道是什麼時候，許若一醒了，還是大白天，醒來收拾好穿好衣服準備去店裡。家裡人看她臉色不好，就讓她別去了。她說：「什麼都能耽誤就是賺錢不能耽誤。」看她態度堅定，就沒有再勸了。「我沒事，今天我早點回來。」看到年年不捨的眼神，她寵溺地摸了摸它的頭：「年年，在家要乖哦，回來給你帶蛋糕吃。」

　　許若一到了店後，把麵粉和雞蛋還有砂糖和牛奶和奶油拿出來，準備做北海道戚風蛋糕和奶油蛋糕，這些都很簡單，許若一做好後花費了一個小時，又做了三個戚風蛋糕，以備有客人找她訂蛋糕。果不其然，過了一會兒來了一個顧客：「老闆在嗎？」「來了來了。」許若一放下了手裡的活小跑了過去。「請問需要什麼嗎？」「可以訂個生日蛋糕嗎，要草莓還有

芒果的那種。」「可以啊，現在就能做，大概半小時，可以坐那等等。」「那要個香草拿鐵吧。」「好的。」許若一做好咖啡後就去做蛋糕了，每一層加上水果後抹好面後裝飾了一下，插上生日快樂牌，就大功告成了。「客人，你的蛋糕好了。」許若一笑著把蛋糕遞給客人。因為今天有了第一個顧客，今天吃飯不用愁了。她開心地笑了起來。

　　這時一個男人進來，玩味的眼神看著許若一，她有點不舒服，但還是忍耐地說：「先生，有什麼需要的？」那個男人又看了許若一一眼，說了一句：「要一個奶油蛋糕。」她快速地將蛋糕包裝好遞給了那位男人：「先生，您的蛋糕好了，謝謝光臨。」那個男人靠在櫃檯旁邊，用看物品的眼神看著許若一：「美女，給個微信唄。」「不好意思，工作期間不能和客人加微信，如果沒事事情您就走吧。」「怎麼，你趕我？」男人又繼續說：「我有房有車，月薪一萬，我觀察你好久了，長得漂亮可愛又性格好，跟了我吧。」許若一一下生氣了：「請你放尊重點！我是不可能喜歡你的，請你走。」「別嘛，給個機會吧美女。」男人說完又準備去拉許若一的手。「你別碰我。」「你裝什麼清高，你們女的不是有錢就跟著誰走嗎？我月薪一萬給你兩千。你還不知足？」「你離我遠點，不然別怪我。」男人又走到許若一面前：「你想幹嘛呢？」許若一直接一腳踹倒了男人，她從十三歲就開始健身，十六歲開始學拳擊，打一個男人足夠了。「你個孫子，給我滾，

滾的遠遠的，別讓我看見你。」男人爬起來準備打許若一。「打啊，你有本事打，我馬上報警把你這傻逼帶走，你個不要臉的。」「你……男人氣的指著許若一：「你給我等著！」「我等什麼，等著給你上香嗎？你配讓我給你上香嗎？」奶油蛋糕被踩壞了，裡面的奶油讓許若一滑了一跤，她氣的拍了拍身子上的奶油：「真他爹晦氣。」甜甜正好來看許若一，推開店門看到許若一狼狽的一幕。趕緊把買的東西放在桌子上，扶許若一起來：「若若，怎麼了這是。」「剛有個男人過來，要加我微信還說自己月薪一萬要我跟他，我氣不過就把他一腳踹地下了。」「怪不得我剛剛聽這邊有人吵架的聲音，但沒聽清，我還在想怎麼這麼吵。原來是你們，若若你做的對，就當遇上了瘋狗。不說這個了，我給你買了烤雞，你帶回家吃。」「不了吧，謝謝你了甜甜。」「別這樣說嘛，帶回去給爺爺奶奶和叔叔阿姨吃嘛。」「那好吧。我今天也不想繼續營業了，我想回家喝點酒。」「我陪你回，反正順路嘛。」甜甜和許若一走了一路，聊了一路。很快就到甜甜的家了，和甜甜告別後許若一走了一段路回了家。

　　回家後，把甜甜買的烤雞放在桌上說甜甜買的，讓他們吃。櫃子裡拿了兩瓶紅酒打算回房間喝。姥姥問她：「你怎麼了，若一？」「沒事。」「沒事你喝酒，站住，和我們說下怎麼了。」許若一只好回到客廳，把紅酒放在桌上用開瓶器打開，倒在高腳杯裡默默地喝著。喝了一半後緩緩地說：

「今天有個男人，我今天營業他用讓我很不舒服的眼神看著我，然後又說什麼有房有車，月薪一萬，讓我跟了他。長得跟個猴一樣還猥瑣，我就把他踹倒了然後我倆吵了一架，他就走了。」姥姥趕緊問她：「天啊，你沒事吧，沒傷著吧。」「沒有沒有。」「這幾天讓你爸陪你在店裡，不然太危險了，你一個姑娘家家，誰知道他會不會報復你。」許江立刻回應：「對啊若一，我正好也沒事，免得你出了什麼事情。」「那謝謝你啦，老爸。」「沒事，那現在能不喝酒了嗎？」「不要，我今天心情不好，就想喝一點酒。」姥姥說：「這酒癮比你爸當年都大。」

　　年年聞到烤雞慢悠悠地走過來，跳上桌子扒拉著烤雞。許若一打了一下年年：「你幹嘛呢，不許吃。」年年就是個吃貨，每次吃飯時，姥姥都給它吃一點，許若一時不時也給它零食，看到啥都想吃一口。還懶，不愛運動，天天躺著睡覺。現在成胖墩墩了，它不是貓咪，是豬咪。年年看許若一這樣，就把爪子收了起來，眼睛時不時看著烤雞。過了一會兒，許若一來了個電話，是顧客找她訂蛋糕的，她有個習慣，就是打電話去窗邊打，於是去了窗邊和顧客交談。姥姥去上衛生間，父親去廚房抽煙。年年趁大家夠不在，趕緊吃著烤雞。許若一打完電話轉過了頭：「年年，你幹什麼呢？」她氣的跑過去教訓年年。姥姥上完衛生間走了出來：「幹什麼呢，你打它做什麼呢？」許若一委屈地指了指烤雞：「它偷吃烤雞，

我一會還想吃一些呢。」姥姥頓時來火，拿拖鞋來打了年年幾下，邊打邊罵：「你現在膽子肥了啊偷吃烤雞，三天不打上房揭瓦是吧。」年年一臉無辜地看著他們，好像做錯事的是他們。許若一把半杯酒喝下肚，喝完說：「我去睡會覺。」她走進房間關好門，倒在床上昏睡了過去。起來後已經半夜了，凌晨三點，肚子餓了。點了一份燒烤外賣，吃完後就再次睡著了。早上起來後，她調整了一下自己的心態，做了幾個深呼吸，心情說不上好，但也算平淡，比之前好多了。

　　到了店後，許若一開始了一天的工作。烤蛋糕，拉花，做麵包……了一陣，一個人推門進來。「歡迎光臨，請問有什麼……墨姐姐，是你？」許若一看到林墨姐姐穿著一條碎花連衣裙，心情看上去有點不太好的樣子。「姐姐快過來吧，在這邊坐下，我做杯咖啡。」林墨拉住許若一的衣角說：「不了小若一，我想和你單獨聊聊。」許江看到這幕趕緊說：「我出去抽煙，你們慢慢聊。」林墨和許若一坐在座位上，許若一問她：「林墨姐姐，怎麼了？」「小若一，公司派我要去美國工作，很難回來，可能五六年以後我才會回來。「啊？」許若一聽到後，眼淚像斷了線的珠子，控制不住的留。為什麼老天爺要這樣，為她賜予了林墨姐姐，讓她有一個可想，可盼，如此美好的一個人，許若一走的每一步都是為了她。現在又要狠心的剝奪走她最珍惜，最喜歡的人。林墨看到她這樣，心裡也酸酸的，但她還是為許若一擦乾了眼淚，可她

越擦，許若一的眼淚掉的越多。她有千言萬語想對林墨說，可是最後都被她總結成了一句話：「林墨姐姐，我捨不得你。」林墨看到許若一這樣子，忍不住抱著許若一，邊哭邊說：「我也捨不得小若一啊，可是我還有工作，我之前沒給你說，有我的男朋友還有我的家人都在美國，我不能不顧這些。」

　　「姐姐，既然都已經這樣了，我只能告訴你，好好愛自己，珍重。」「小若一，你也要好好好治病，好好的生活，姐姐雖然在美國，但是姐姐會一直記得你的。」

　　許若一回到家後，大哭了一場，把家裡人嚇到一跳，問她是不是有事，她說最好的朋友要走了。然後讓家裡人都從房間出去，鎖上門。整整三天都沒有出來，餓了也只是喝優酪乳，就只是躺在床上不停哭，紙用了三大包，床單和枕頭上全是淚痕。它最愛的年年也趴在她房間門口喵喵地叫著，她就是不開門。家裡人看到她這樣，都在想許若一這個朋友到底是什麼樣，關係有多好，讓她難受成這樣，三天沒有吃飯和出房間門。許若一的家裡人並不知道，林墨是她最喜歡最喜歡的人，可是她不會喜歡許若一的。網上有一句文案：見過花開就好了，何必在乎花落誰家呢。可是見過花開又怎麼捨得拱手讓人。許若一花了很長時間才走出來她不會愛她這個事實。只想著只要她在就好了，她總是能給她很多動力和欣喜，是她生命中的一束光。可是林墨要走了，身邊的光消失了，她真的做不到接受這個事實。她太愛林墨了，生活

中已經離不開林墨了，她睡覺在想她，她吃飯在想她，做的每一件事情都能想到她。真的做不到她的生活中沒有林墨該怎麼活下去。

　　沒辦法，家裡人把甜甜叫過來和她聊聊，疏導心結。甜甜到了許若一家後，輕輕敲著許若一的房間門：「若若，可以出來嗎，我可以和你聊聊嗎？你有什麼難過的都可以說給我聽。」許若一打開門，整個人變的憔悴不堪，臉瘦了一圈，皮膚蒼白的嚇人，眼睛無神。「若若，和我聊聊吧。可以告訴我嗎？」「林墨要走了，她要去美國，估計很難回來了。」「若若，我很理解你的心情。我曾聽過你和張若安說林墨是你的光，如今她要走了，你心裡很難過，那束光已經暗淡了，是吧？」甜甜的話正好說進了許若一的心坎裡，她哭著點了點頭。「若若，每個人都是過客。宮崎駿曾說過：當陪你的那個人要下車時，即使你再不捨，你也要心存感激 揮手告別，每個人的故事開頭都是極具溫柔，但往往故事的結尾都配不上整個開頭，每一個意難平的結果，都是我們最好的結局。」甜甜繼續說：「若若，林墨去了美國，但是她的光依舊沒有暗淡。她肯定不希望你這副模樣，你要做的是就是迎著她的光勇敢的活下去。好好治病，好好生活。光之所至，影必隨之 ，雖不能至，心嚮往之。」「我真的可以嗎？」「當然了，我心裡的若若很棒，什麼事情都會做，這件事當然也能做到。」

機場熙熙攘攘，分分離離的情侶，家人，朋友，無論怎樣，總歸是要告別的。許若一今天來送林墨，今天她穿的白裙子，乾乾淨淨，利利索索。見到林墨後，許若一溫柔地說：「林墨姐姐，你來了。」她們手拉著手，許若一幫她拿行李走到登機口。這一段路程只有兩分鐘，可許若一多希望時間能停留在這一刻，和她多待一會兒，哪怕是一分鐘，甚至是一秒鐘，她都足矣。「小若一，我要走了。」她們不捨地放開手，那一刻，許若一止不住的流淚。「別哭啊。」林墨為她擦去了眼淚說：「姐姐見不得你哭，我們還會在見面的。」廣播響起：「請飛往美國的乘客開始登機……林墨看著她說：「姐姐要走了。」「姐姐再見。」「再見，小若一。」許若一突然轉過頭叫住林墨：「林墨姐姐！」林墨轉過頭來，輕輕的問許若一：「怎麼了，小若一？」許若一用無比顫抖的聲音說：「姐姐，珍重。」林墨走過來摸了摸許若一的頭，她的眼神無比複雜，隨後轉頭走了，見著林墨登上飛機。許若一毅然的轉頭就走。那天陽光無比燦爛，陽光灑在身上，她會順著光，好好地走下去。

　　在許若一十四歲那年，她曾真誠愛慕著一個女孩。雖然她們不可能在一起，但是她很高興，因為，她覓到光了。

第四章

後記

我來四醫院看診了。

這邊經常罵人，通常就是：「你上四醫院看看去吧！真是死神經病，滾去四醫院好好治吧！」

人盡皆知，四醫院是精神，神經病院。但是精神病不等於神經病，這是官方認定的，可人們還是只管自己說的暢快淋漓。到了醫院，周圍都是人們認為的「正常人」。我努力把自己打扮成「正常人」，可覺得自己還是被扒光的了小丑。有些彼此都不會在意的事情，而我卻覺得盡是屈辱。跟醫生說了說近三年的情況，不說連我自己都沒有發覺，已經這麼長時間了，眼花，恍惚。醫生建議住院，我拒絕了。兩家醫院都是同樣的建議，

可心裡有芥蒂，不想去。做了五百多道心理測評題，自己也不清楚是怎麼樣做出來的，只是覺得護士有些凶。拿藥，回家，藥物再次增量。藥打開很方便，用月牙狀指甲輕輕一掐就開了，淡黃色，乳白，藍色的藥片統統服下，已經數不清這是多少次重複這樣的步驟了。

將近吃了快三年的藥，不說幾千片起碼也有一千多片，身體大不如前。吃吐，反胃已經是很常見的事。有的藥甜，苦。越甜，越苦越想吐。吐完繼續吃。

我不得不說我的病情了，同時我也不怕被人調侃嘲笑，因為我受過的負面語言太多太多了，不怕。我原來是抑鬱和

焦慮，隨後變成頑固性，又變成現在雙相情感障礙和精神分裂。抑鬱症聽起來很憂鬱，焦慮聽起來壓力大，雙相情感障礙聽起來像是情感受挫，精神分裂聽起來很嚇人，甚至被按上「瘋子」一個不禮貌的稱謂。

　　但其實不是這樣的，無論是精神分裂還是雙相情感障礙還是抑鬱，都是所謂稱得上「正常人」患的病。我們只是普通人，心理的受創患病是看不出來的。

　　「精神疾病＝瘋子」這段話偏激且荒謬，但卻是愚昧的大眾所認為的。他們認為得這個病的應該是蓬頭垢面，語言錯亂的人。

　　人的偏見和刻板印象是最恐怖的，從出生到現在就受著這樣的印象，潛移默化。最後自己也成為了愚昧無知之人，實話實說，我也還沒擺脫這種恐怖的東西。

　　無論這個社會對我來說如地獄一般，還是無聊呆板。可我們都得在這個社會中滾爬摸打，不能脫離現實太久。沉迷在給自己打造的樂園。作為一個覺得過去和現在都是屈辱和掙扎的人，真的是痛苦萬分。在情緒不好的時候爆發式刪去了一大半人。用最笨的方法去忘記。

　　希望他們不要來找我，永遠。請放過一個如果想拼命忘記過去，連吃藥都需要提醒事項的平庸之人。不然我必定會重蹈覆轍，萬劫不復。

「人有悲歡離合，月有陰晴圓缺。」

「也許到了最後，都會忘記的吧。」

近幾年看的書越來越多，有很多忘卻了，但是也對寫作又了明顯的進步，增長了閱歷。也算一大樂事。

記得在病友群，裡面有人告訴我：「肯定會有一個陌生人願意理解你的，每個人都不是孤單的，希望到時候你碰見了不要把他推開。」

或許吧，一切隨緣。

「我不會想我怎麼樣，因為我走下的路，連我自己都不知道會怎麼樣。」

「莫問前程凶吉，但求落幕無悔。」

兩句話一直跟著我，可我只能聽進去一半。誰又能完全不想自己的以後，誰又能每次落幕不帶一點後悔。

以前寫的舊文又要三刷修改了，可我懶得動了。

國家圖書館出版品預行編目資料

覓光/丁煜晏著. -- 初版. -- 臺北市：博客思出版事業網, 2022.10
面； 公分

ISBN 978-986-0762-35-8(平裝)

857.7 111013801

現代輕小說13

覓光

作　　者：丁煜晏
編　　輯：陳勁宏
美　　編：陳勁宏
校　　對：古佳雯、楊容容
封面設計：陳勁宏
出　　版：博客思出版事業網
地　　址：臺北市中正區重慶南路1段121號8樓之14
電　　話：(02) 2331-1675 或 (02) 2331-1691
傳　　真：(02) 2382-6225
E - MAIL ：books5w@gmail.com或books5w@yahoo.com.tw
網路書店：http://5w.com.tw
　　　　　https://www.pcstore.com.tw/yesbooks
　　　　　https://shopee.tw/books5w
　　　　　博客來網路書店、博客思網路書店
　　　　　三民書局、金石堂書店
經　　銷：聯合發行股份有限公司
電　　話：(02) 2917-8022　　傳真：(02) 2915-7212
劃撥戶名：蘭臺出版社　帳號：18995335
香港代理：香港聯合零售有限公司
電　　話：(852) 2150-2100　　傳真：(852) 2356-0735
出版日期：2022年10月 初版
定　　價：新臺幣280元整（平裝）
ISBN：978-986-0762-35-8